DREAMBOOKS

進士武林

진사무림

6

봉황송 신무협 장편소설

ORIENTAL FANTASY STORY & ADVENTURE

dream books
드림북스

진사무림 6

초판 1쇄 인쇄 / 2014년 11월 20일
초판 1쇄 발행 / 2014년 11월 27일

지은이 / 봉황송

발행인 / 오영배
책임편집 / 편집부
펴낸 곳 / (주)삼양출판사 · 드림북스

주소 / 서울특별시 강북구 솔샘로67길 92
대표 전화 / 02-980-2112 팩스 / 02-983-0660
편집부 전화 / 02-980-2116 팩스 / 02-983-8201
블로그 / blog.naver.com/dreambookss

등록번호 / 제9-00046호
등록일자 / 1999년 3월 11일

값 8,000원

ISBN 979-11-313-0176-0 (04810) / 978-89-542-5445-8 (세트)

* 지은이와 협의하에 인지는 생략합니다.
* 잘못된 책은 구입한 곳에서 바꾸어 드립니다.

이 도서의 국립중앙도서관 출판시도서목록(CIP)은 서지정보유통지원시스템홈페이지(http://seoji.nl.go.kr)와 국가자료공동목록시스템(http://www.nl.go.kr/kolisnet)에서 이용하실 수 있습니다. **(CIP제어번호: 2014033304)**

進士武林

진사무림

6

봉황송 신무협 장편소설

ORIENTAL FANTASY STORY & ADVENTURE

dream books
드림북스

進士武林
진사무림

목차

第一章

양의심공

이한열이 머무는 별채의 정원에 몽중산수상이 위치했고, 별채의 벽에 산해필희가 걸렸다.

슥!

이한열이 별빛을 머금고 있는 몽중산수상을 보고 할 말을 잃어버렸다. 몽중산수상은 마치 조각가 도장석이 숨결을 불어넣은 생명체 같았다.

분명 단단한 바위로 이뤄진 무생물이지만, 이한열이 그 안의 생기를 읽었다.

저벅! 저벅!

이한열이 몽중산수상을 가운데에 두고 한 바퀴 천천히 돌아보았다.

"산맥의 북쪽 비탈에서 눈이 녹아 흘러내린 물이 분지를 가득 채우고 있다. 분지의 물은 산맥 전체의 원천이다. 혹독한 겨울을 견딘 원시림이 물을 통해 깨어나고 있다."

이한열이 몽중산수상과 동조하며 그 안의 가르침을 좇았다.

몽중산수상의 물은 선천진기를 뜻한다.

이한열이 직접 몽중산수상의 산맥을 걷는 자신의 모습을 상상해 보려고 애썼다.

휘이잉! 휘이잉!

만년설이 그대로 남아 있는 산맥에서 사납게 튀어나온 바람이 이한열을 반겼다.

이한열이 구불구불한 산맥의 좁은 길을 따라 천천히 걸으며 우뚝 솟은 산봉우리와 계곡, 진달래와 소나무 등을 둘러보았다.

하늘을 찌를 듯이 날카롭게 선 산봉우리와 끝이 보이지 않는 무저갱이 이한열을 위협했다.

"정말로 절경이로구나."

이한열은 자연을 그대로 묘사한 몽중산수상에 빠져들었다.

대자연을 고스란히 보여주고 있는 절경 앞에서 무슨 말이 더 필요할까?

이한열이 감동에 젖어서 돌아다녔다.

석양이 지고 있었다.

굽이굽이 흘러가는 계곡 물에 비친 붉은 석양이 참으로 고왔다. 이한열은 그 속으로 빨려 들어가는 느낌을 받았다.

그가 묘한 감각을 느끼고 있을 때였다.

“오랜만에 찾아온 손님이로군.”

돌가루를 흠뻑 뒤집어쓴 젊은 사내가 이한열에게 말을 걸어왔다.

“헉!”

심상 속에서 사람을 만나리라고 상상도 하지 못한 이한열이 기겁했다.

“누구시죠?”

“열심히 조각을 하며 살아가는 사람이라네.”

대답하는 사내의 얼굴에 미소가 번졌다.

행복한 표정을 짓는 사내의 허리춤에서 정과 망치가 흔들리고 있었다.

“이렇게 만난 것도 인연이니 따라오게.”

사내가 이한열에게서 등을 돌려 휘적휘적 걸어갔다.

“여기가 어디입니까?”

궁금한 내용이 구름처럼 일어난 이한열이 사내를 뒤따라가면서 물었다.

"자네는 지금 어디에 있는가?"

"몽중산수상에 있습니다."

"나 역시 마찬가지라네."

사내가 걸어가는 방향에는 아담한 돌집이 위치했다.

돌집 앞에 공터에는 많은 수의 조각상들이 세워져 있었다. 서른여섯 개의 조각상들이 서로 다른 모습을 취하고 있었는데, 묘하게도 하나로 연결된 분위기였다.

"저것들은 뭡니까? 직접 조각하셨습니까?"

"소림사에게 주문받은 작품들이라네. 사람들을 피해 작업실을 한적한 곳에 차렸는데도 손님들이 찾아와서 참으로 귀찮다네."

사내가 기이한 웃음을 지었다.

하늘을 향해 팔을 내뻗고 있는 승려, 마보자세를 취하며 주먹을 내지르는 승려, 다리와 허리를 굽히고 팔을 한껏 뻗은 승려 등 조각상이 살아 있는 것처럼 생생했다.

조각상에 깃들어 있는 현묘함이 이한열의 눈에 익숙했다.

순간 이한열은 눈앞의 사내가 자신이 아는 사람일지도 모른다는 생각이 들었다.

"설마…… 천하제일 조각가 도장석 님 되십니까?"

이한열이 물었다.

"알아볼 줄 알았네."

도장석이 순순히 자신의 정체를 인정했다.

몽중산수상을 통해 심상을 나누고 있는 이한열이라면 그를 알아보고도 남았다.

"인사 올립니다. 이한열이라고 합니다. 도장석 님의 작품을 통해 많은 가르침을 받았습니다."

이한열이 제자리에서 도장석에게 큰절을 올렸다.

그가 도장석과 비록 사승의 인연을 맺지는 않았지만, 조각상을 통해 많은 깨달음을 얻었기에 큰절을 올려도 무방했다.

"일어나게. 내 작품을 통해 무언가 얻었다면 그건 자네의 능력이라네."

"감사합니다."

바닥에서 일어난 이한열이 재차 고개를 숙였다.

'하하하! 천고의 기연이다.'

이한열이 속으로 웃음을 터트렸다.

스승 없이 독학하면서 달려온 이한열이었다.

그런 그가 마음으로나마 스승으로 생각하던 도장석을 만났다.

'많은 걸 배워야지.'

이한열의 눈이 반짝였다.

스승의 존재가 얼마나 위대한지 과거를 공부한 이한열은

잘 알았다. 스승이 제자의 잘못된 습관이나 방향을 바로잡아 주고, 오랜 시간 헤매는 제자에게 지름길을 알려 준다.

스승은 깜깜한 길을 걸어가는 나그네의 등불과도 같은 존재였다.

"자네의 몸속에 요사하면서 엄청난 기운을 가지고 있는 마병들이 있구나."

도장석이 요요한 기운을 뿜어내고 있는 천인혈골과 혈혼피를 단숨에 알아차렸다.

슥!

투명한 도장석의 눈길이 이한열을 꿰뚫어 보았다.

부르르! 부르르!

역천진기를 지닌 마병들이 극상성인 선천진기를 만나 몸을 떨었다. 영성을 지닌 마병들답게 선천진기가 해롭다는 사실에 반항을 하고 있었다.

'가만히 있어라. 반항을 한다고 해도 벗어날 수 없다.'

이한열은 도장석의 손바닥 위에 있다는 사실을 잘 알았다.

그저 죽으라면 죽는시늉을 하는 것이 최고였다.

약자는 언제나 강자의 눈치를 살펴야 했다.

황실에서 생활하면서 이한열의 눈치가 비상하게 늘어났다.

"배교의 천인혈골과 혈혼피라고 합니다. 외문무공을 수련하다가 황실을 통해서 얻게 된 물건들입니다."

이한열이 순순히 불었다.

“기연이라고 해야 할지, 악연이라고 해야 할지 모르겠군.”

“무슨 말씀이신지?”

“병기 앞에 마가 붙은 건 괜한 이유가 아니라네. 역천진기를 뿜어내는 마병들이 자네의 선천진기를 갉아먹고 있어.”

“헉! 제가 죽어간다는 말씀입니까?”

이한열이 경악했다.

선천진기는 사람의 생명과 직결된 순수한 기운이었다.

역천진기도 순수하지만 사람을 파멸시키는 기운이었다.

사람은 선천진기와 역천진기를 함께 가지고 있었는데, 선천진기가 많아지면 활기가 넘친다. 반면 역천진기가 많아지면 점점 육체가 늙고 결국에는 삶을 끝마치게 된다.

“마병들이 자네의 정혈과 기운을 서서히 흡수하고 있네. 정혈과 선천진기가 많은 지금은 버틸 수 있지만, 균형이 깨어지는 순간 급속도로 늙어가게 될 걸세.”

배교 마병들의 악랄함은 참으로 지독했다.

배교는 같은 사마외도들에게도 배척받을 정도로 사이한 집단이었다.

이대로 시간이 지나면 이한열은 천인혈골과 혈혼피의 제물이 되고 만다.

털썩!

이한열이 도장석 앞에서 무릎을 꿇었다.

"제가 마병들에게서 벗어날 길을 알려 주십시오."

이한열이 고개를 숙이며 간절하게 말했다.

"흠! 어떻게 한다?"

도장석이 턱을 쓰다듬으면서 고민하였다.

탐욕이 어린 이한열의 눈빛에는 재기가 넘쳐흘렀다.

'이기적이기는 하지만 세상에 해를 끼칠 인물은 아니다. 이렇게 만난 것도 인연이니 살아날 방도를 알려주는 편이 옳겠지.'

도장석이 결정을 내렸다.

"마병들이라고 해서 나쁘기만 한 건 아니라네. 독이 사용하기에 따라 약이 되는 것처럼 마병도 주인에 따라 달라진다네."

"……."

이한열이 한 글자라도 놓치지 않기 위해 고도로 집중했다.

"선천진기를 축적하여 영단을 만들 수 있는 연단법을 수련하도록 하게. 선천진기를 마병들의 역천진기와 항상 조화롭게 운용하면 큰 이득을 얻을 수 있다네."

마병들에게서 벗어날 수 있는 기를 도장석이 알려줬다.

험난한 길이 이한열 앞에 자리 잡고 있었지만, 그걸 넘어서면 달콤한 열매도 기다리고 있을 것이다. 선천진기와 역천진기가 하나로 합쳐진 신공은 무림에서도 드물었다.

신공을 익히지 않아도 선천진기만 제대로 운용하게 되면, 마병들의 역천진기와 조율하여 이한열은 거대한 힘을 낼 수 있었다.

도장석의 말속에 있는 이득이 무엇인지 그는 확실하게 깨달았다.

하지만 그 전에 살아남는 것이 먼저였다.

"저는 외문무공을 익혔습니다. 연단법을 수련해도 괜찮을는지요?"

"외공도 높은 경지에 이르면 자연스럽게 신체에 기운이 쌓이게 된다네. 특별한 내공심법을 익히지 않으면서 외공이 고도로 발달한 자네라면 선천진기연단법을 수련하는데 최적이지."

도장석이 정확하게 진단을 내려 주었다.

마병을 몸에 담아두고 있는 이한열은 이미 원칙에서 벗어난 존재였다. 평범한 이치를 이한열에게 적용할 수는 없는 노릇이었다.

"선천진기와 역천진기의 정확한 조율을 어떻게 알고 행할 수 있습니까?"

이한열은 무턱대고 무공을 수련하지 않았다.

학사답게 먼저 공부하고 익힐 무공에 대해서 철저하게 연구했다. 이성적으로 납득한 후에야 몸에 받아들였다. 도장석에게 사사를 받는 지금도 그런 원칙이 적용됐다.

"자네에게 양의심공의 비급을 주지. 마음을 둘로 나누는 양의심공이라면 선천진기와 역천진기를 자로 잰 것처럼 정확하게 조율할 수 있겠지."

양의심공은 마음의 공부였다.

도가에서 전해지는 양의심공은 전설적인 위력을 발휘하였다. 익히기가 지극히 어려워서 당금 무림에서 맥이 끊어졌다고 알려졌다.

"감사합니다."

양의심공 비급을 전해받은 이한열이 넙죽 고개를 숙였다.

그가 존경하는 눈빛으로 도장석을 올려다보았다.

전설적인 양의심공 비급을 받았다는 사실에 절로 가슴이 마구 뛰었다.

"조화와 균형이네. 이 두 가지를 잊지 말게."

"명심하겠습니다."

"이만 가보게."

"더 이야기를 나누고 싶습니다."

이한열은 이번 기회에 도장석과 더욱 많은 시간을 보내고 싶었다.

"인연이 닿는다면 다시 또 볼 날이 오겠지."

도장석의 신형이 이한열의 눈앞에서 흐릿해져 갔다.

스륵!

이한열이 눈을 한 번 감았다 떴을 때, 보이는 건 정원에 서 있는 몽중산수상이었다. 심상에서 벗어난 이한열이 다시금 별채의 시공간으로 되돌아왔다.

휘이잉! 휘이잉!

밤바람 소리만 매정하게 울렸다.

이한열이 주변을 두리번거리며 도장석을 찾아보았지만, 어디에서도 발견하지 못했다. 꿈인가 싶을 때, 그의 손에 한 권의 고풍스러운 비급이 들려 있었다.

"양의심공."

비급의 표지에 적힌 양의심공 글씨가 선명했다.

꿈이 아니었다.

이한열은 방금 공간을 뛰어넘어 도장석을 만나고 왔다.

"도장석 님께서는 선인의 술법을 깨우치셨구나."

이한열이 자신이 경험한 바를 어렴풋이나마 알아차렸다.

과거 한 신선이 그림 속의 무릉도원으로 뛰어들었다는 이야기는 거짓이 아니었다. 단지 그림이 아닌 조각상이라는 점만 다를 뿐이었다.

"배교의 주술을 배워나가면 나도 시공간을 뛰어넘을 수 있을까?"

이한열이 중얼거렸다.
그가 바라보고 있는 단계는 너무나도 높은 곳에 있는 지고한 경지였다. 까마득히 높은 선인의 술법이기에 아찔함마저 느껴졌다.
현기증과 함께 이마에 구슬땀이 흘러내렸다.
지금의 이한열은 욕심낼 수 없는 단계였다.
"천천히 가자. 꾸준하게 나아가다 보면 얻을 수 있다."
이한열은 어려움을 버리고 쉽게 생각했다.
공부에는 왕도가 없는 법!
무공도 마찬가지였다.
공부하고 또 공부하다 보면 언젠가 도달하기 마련이었다.
스륵!
이한열이 몽중산수상을 응시했다.
그의 눈에 오직 몽중산수상만이 가득 들어찼다.
조각상이 우뚝 솟아올라 세상에 그 웅장함을 드러냈다.
찌릿! 찌릿!
온몸이 찌릿해져 오는 가운데 몽중산수상의 산악의 기세가 이한열에게 흘러들어왔다.
마치 시간이 멈춘 것 같았다.
그가 몸과 마음으로 몽중산수상의 위대함을 실감했다.
"……."

가슴 벅찬 전율을 느끼고 있는 이한열의 눈시울이 뜨겁게 타올랐다.

* * *

창위는 명나라때 황제의 정보기관이다.

창은 동창, 서창, 대내행창을 말하고, 위는 금의위를 말한다. 합쳐서 창위라고 부른다.

서창은 정보정치를 강화하기 위하여 만들어진 관서 이름이다. 한때 서창은 동창의 권력을 넘어섰으나, 각종 비리와 전횡을 일삼은 끝에 한때 철폐에 이르렀다. 하지만 동창을 견제하는 방편으로 선대황제 시대에 다시 부활하게 된다.

새롭게 기지개를 켠 서창은 동창과 금의위를 강력하게 견제하면서 비상의 날개를 활짝 펼치려 노력했다.

하진은 서창의 제사인자였다.

그는 철저하게 동창과 금의위 사람들을 견제하기로 유명했다. 동창과 금의위 사람들의 비리와 부정부패를 발견하여 옷을 벗게 만들거나 감옥에서 머물게 만들었다.

"당두 이한열이 등청하지 않고 여전히 별채에서 보내고 있다고?"

"그렇습니다."

"접촉하는 사람들은?"

"없습니다. 별채에서 두문불출하고 있습니다."

"혹시 모르니까 감시에 만전을 기하도록. 모르는 사이에 사람들과 접촉할 수 있다."

"알겠습니다."

하진의 심복 남국영이 말했다.

하진이 황실에서 이한열을 찍어내기 위해 많은 공을 기울이고 있었다.

주수선을 뒷배경으로 하고 있는 이한열은 당두이지만 동창에서 첩형에 버금가는 힘을 가지고 있었다.

막강한 권력을 가지고 있는 동창은 수장인 제독동창을 필두로 그 밑에 첩형 두 명, 당두 백여 명, 번역 천여 명을 두고 있다. 병력이 필요하면 내정어림군인 금의위를 황제의 허락을 받아 운용할 수 있다.

혜성처럼 등장한 당두 이한열은 하진이 볼 때 눈엣가시와도 같은 인물이었다.

'황제 폐하를 오랜 세월 모신 나는 영전하지 못했다. 그런데 갑작스럽게 등장한 이한열이란 놈이 문화전대학사에 이어 동창의 제일당두가 돼? 있을 수가 없는 일이야.'

자신이 가져야 할 권력을 이한열이 빼앗아 갔다고 생각하는 하진이었다.

동창과 서창의 제독동창과 첩형 자리는 모두 환관들이 맡는다. 제일당두라고 하면 남성의 상징을 가진 자가 올라설 수 있는 가장 높은 위치이다.

"주수선 군주 마마의 총애를 받는 사람입니다. 너무 몰아붙이는 건 아닐지 걱정됩니다."

"군주 마마께서 뇌물을 받았다는 사실에 이한열을 쳐내셨다. 군주 마마의 총애만 걷어낸다면 이한열을 쳐내는 건 어렵지 않아."

"동창과 금의위 사람들과 긴말한 관계를 가지고 있습니다. 잘못하면 큰 싸움이 벌어질 수 있습니다."

남국영이 우려했다.

황제가 새로 즉위하고 정권이 새로 들어서면서 관리들과 각 기관부처들 사이에 주도권을 잡기 위한 치열한 다툼이 벌어지고 있었다.

"싸움이 벌어져도 괜찮다. 이번 기회에 서창이 놈들의 위로 올라서야 한다. 이한열만 처리하면 돼. 그를 없애고 내가 주수선 군주 마마의 총애를 받으면 만사형통이다."

하진은 황자지란에서 가공할 무위를 뽐낸 이한열이 무섭지 않았다. 다만 주수선 군주의 총애가 있기에 함부로 건드리지 못하고 있을 뿐이었다. 이한열에게 흠집을 내, 주수선과 멀어지게 만들려 하고 있었다.

그리고 그 의도는 성공한 듯 보였다.

이한열이 아직까지 자숙의 시간을 보내며 황궁에 입궁하지 않고 있기 때문이었다. 일각에서 이한열이 주수선에게 잔뜩 미운털이 박혔다는 소문이 돌았다.

하진은 은밀하게 소문을 더욱 퍼트렸고, 재생산했다.

이한열이 문화전대학사와 동창 당두로 임명된 지 짧은 시간 만에, 돌연 황궁에 등청하지 않는 일을 놓고 각종 추측이 나돌았다.

이한열의 과거 주자소 부정자에 있을 때의 비위 행위가 뒤늦게 드러나고 있었다.

"부정자로 있을 때 각종 뇌물을 받았다."

"은밀하게 받은 돈이 한두 푼이 아니다. 북경에서 집을 여러 채 살만큼의 거액이다."

"비위 행위가 발각되어 사실상 경질된 것이다."

"관직 생활을 하는 내내 돈과 여자를 밝혔다. 그는 탐관오리이다."

이한열의 각종 비리 문제기 불거지면서, 수사를 받아야 한다는 이야기까지 나왔다.

"소문을 퍼트린 여파는 어떤가?"

"믿지 않는 사람들도 있지만 이한열에 대한 부정적인 생각을 가진 사람들이 늘고 있습니다."

"그렇지. 사촌이 배를 사면 배가 아픈 법! 갑자기 혜성처럼 등장하여 큰 권력을 움켜쥔 이한열을 싫어하는 사람이 많다. 그들을 잘 이용하면 이한열을 찍어내는 건 어렵지 않아."

하진의 말은 하나 틀린 게 없었다.

황궁은 복마전이었고, 눈 감으면 코 베일 수 있는 험한 곳이었다.

이글이글!

하진의 두 눈이 야망으로 불타올랐다.

그는 심혈을 기울여 '이한열 황궁 쫓아내기 작전'을 펼치고 있었다.

"비위 문제는 구체적으로 드러난 바가 없다며 동창과 금의위에서 이한열을 두둔하고 있습니다. 주수선 군주 마마의 허락을 받은 뒤에 등청하지 않고 있는 건 일신상의 이유 때문이라고 밝혔습니다."

금의위와 동창은 두문불출하고 있는 이한열을 보호하고 나섰다. 두 기관의 사람들이 이한열에게 직접 해명을 듣기 위해 수차례 집에 방문했지만 만나지 못했다.

이한열을 두고서 황제 직속의 정보기관들이 힘겨루기를 펼쳤다.

거액의 뇌물을 착복했다는 의혹이 제기되는 등, 과거 행적과 관련해 이한열은 커다란 논란에 휩싸였다.

"금의위와 동창이 큰 오판을 저지르고 있다. 주수선 군주마마께서 이한열을 쳐내려고 하신다. 그렇기에 이한열이 등청하지 못하고 있는 것이야. 이한열이 황궁에서 쫓겨나고 난 뒤, 금의위와 동창 녀석들이 짓는 황당한 표정을 보고 싶군."

오랜 시간 지켜봐 온 주수선을 잘 알고 있는 하진이 확신했다.

자신만만했기에 이번 일에 그가 총력을 기울였다.

뒤를 염두에 두지 않는 과감한 행동이었다.

'기호지세이기는 하지만 너무 조용해서 불안해.'

두문불출하고 있는 이한열의 여유로운 모습을 떠올린 남국영의 심기가 불편했다.

'단순한 우려에 불과하겠지.'

남국영은 불편한 기색을 떨쳐 버리려고 노력했지만, 가슴 속 깊숙한 곳에서 불안감이 무럭무럭 자라났다.

"나가서 일보게."

"그럼 가보겠습니다."

남국영이 고개를 깊숙하게 숙인 뒤에 방을 빠져나왔다.

"하하하하!"

하진의 웃음소리가 닫히는 문 사이로 새어 나왔다.

*　　*　　*

이한열은 두문불출했다.

외부에서 많은 말들이 오고 갔지만, 방안에 고요하게 가부좌를 취하고 있는 이한열은 마음이 편안했다.

황궁에 등청하지 않고 홀로 지내다 보니 좋았다.

모든 생각을 내려놓고 뇌리에 떠오르는 화두에 집중해서 참선을 수행하는 느낌이었다.

도장석에게 받은 양의심공도 수련하는 중이었다.

양의심공은 그 자체로 마음을 닦는 공부였다.

양의심공을 수련하면서 마음이 발달해서 사물의 본질이 읽히게 된다. 마음은 참된 나를 찾는 참선 수행에 부수적으로 따라오는 힘이다.

마음의 공부인 양의심공을 익히면서 이한열의 눈빛이 더욱 깊어졌다. 양의심공의 심후가 이한열에게 커다란 영향을 끼쳤다.

실내에 홀로 있었지만 이한열은 외롭지 않았다.

슥!

가부좌를 풀고 일어난 이한열이 한쪽 벽에 세워져 있는 서가에 다가섰다. 한쪽 벽을 완전히 채우고 있는 서가에 많은 책들이 꽂혀 있었다.

"이번에는 화론미학을 읽어보자."

이한열이 두툼한 책을 꺼내 들었다.

팔락!

책 표지가 넘어갔다.

화론미학은 회화 미학에 대해서 적어놓은 서적이었다. 화론미학을 보는 자들은 대부분 그림을 좋아하는 자들이거나 환쟁이들뿐이었다.

이한열이 화론미학을 보는 건 도장석의 예술작품인 조각품들을 더욱 자세하게 알기 위함이었다.

"흠! 화론에 대해서 어느 정도는 알고 있다고 생각했는데, 수박 겉핥기식이었군."

이한열이 화론미학을 읽으면서 스스로 자조했다.

지금껏 그는 그저 그림이 그림일 뿐이라고 여겨 왔다.

"회화는 개인적이면서 정신이념을 자유롭게 표현하는 수단이구나."

이한열이 고개를 끄덕였다.

"군자가 산수를 사랑한 까닭이 바로 여기에 있었어. 무릇

성품을 수양할 수 있는 산수가 바로 그림으로 표현할 수 있기 때문이야."

그림은 천지만물을 표현할 수 있는 대표적 수단이었다.

자연으로의 귀의는 도가만의 가르침이 아니라 유가에서도 깊이 뿌리내린 사상이다.

"곽희의 임천고치에서 요산요수에 대한 군자의 욕구가 바로 산수화를 통해 충족된다."

군자의 욕구는 이한열이 도를 알고자 공부를 하는 것과 똑같았다. 그가 군자들과 같이 똑같이 탐구하는 도의 길을 걸었다.

다만 다른 점이 있다면, 군자가 욕망에 있어 초월적인 반면 이한열은 무척이나 세속적이라는 사실이었다.

"호오! 중화란 말을 사용하는구나. 중화는 중용에서 나왔음이야."

이한열이 씩 웃으면서 확신했다.

그의 말은 틀리지 않았다.

중화란 공자의 사상을 집대성한 중용에서 따온 말로, 인간 내면에 내재된 마음을 사람들 사이에서 조화롭게 드러낸 상태를 말한다.

중용은 무척이나 중요하다.

과거에 심심치 않게 등장하는 중용에 대해서 잘 알고 있는 이한열이다. 그렇기에 중용이란 말만 가지고 책 수십 권을 집필할 수 있을 정도였다.

그래서 중화란 단어가 이한열의 가슴에 더욱 깊이 새겨졌다.

“중(中)은 인간이 느끼고 있는 희로애락의 감정을 그대로 간직한 상태인 근본이다. 그 감정이 선에 뿌리를 두고 있는 천명지성에 따라 절도에 맞도록 발동하는 것이 화(和)이다. 중과 화가 어우러져 중화를 이루면 인간이 인간답게 바람직한 삶을 살아가게 되는 것이다. 그리하면 천지가 제자리에 서게 되고 만물이 잘 자란다.”

책을 읽고 있는 이한열의 눈빛이 강렬해졌다.

양의심공이 학자인 이한열에게 날개를 달아줬다.

그렇지 않아도 과거에 급제할 정도로 머리가 뛰어났다. 그런 머리가 양의심공으로 인해 더욱 기민하고 깊게 생각할 수 있게 됐다.

퍼퍽! 퍼퍼퍽!

파팍! 파파팍!

중화와 중용 그리고 수많은 사념들이 폭죽처럼 뇌리에서 터졌다.

책 속에 있는 가르침과 양의심공의 작용이 그를 높은 곳으로 이끌어줬다.

"아!"

이한열이 탄성을 터트렸다.

강렬한 가르침에 감전된 듯, 순식간에 온몸이 찌릿해졌다. 정신이 아득해지면서 마치 시공이 멈추는 듯한 느낌을 받았다.

정신적으로 꽉 찬 기분과 함께 새로운 깨달음의 실체를 꿰뚫어 보는 현람이 이한열에게 불쑥 다가왔다.

참으로 신비스럽고도 묘한 느낌이었다.

구름 위를 걷는다고 할까?

구름과 함께 노니면서 하나가 되는 감각이었다.

현람하여 통달하면서 이한열이 깨달음과 하나가 되어갔다.

스읔!

천생이 학자인 이한열의 입가에 그림처럼 황홀한 미소가 피어올랐다. 그는 배움을 통해 한 단계씩 깨달아가며 학자로서 지극한 행복을 누렸다.

이런 배움은 이한열과 잘 들어맞았다.

책과 그림, 석상 등 만물을 바라보면서 이한열이 하나가 된다는 것인데, 이러한 정신은 학자로서 필히 갖춰야 하는 기본이었다.

천지 만물에는 각각의 절도가 있듯이 그에 비례하여 가르침들이 녹아 있다.

그런 가르침들을 보고 배우면서 이한열은 학자로서의 인생의 의미를 발견했다.

스팟!

이한열이 우뚝 서서 고고한 눈빛으로 책을 바라보고 있었다. 책의 글귀가 그의 눈에 들어오지 않았지만, 이미 심상에 깊이 각인됐다.

"……."

황홀함을 느낀 이한열의 눈시울이 뜨거워져 갔다.

하지만 끝나지 않은 잔치가 없듯 그의 깨달음의 순간이 잦아들었다. 높은 곳에서 즐거움의 극치를 누렸던 이한열이 천천히 현실 세계로 되돌아왔다.

"세상 만물은 하나도 헛된 것이 없다. 길가의 돌멩이 하나에도 그 존재의미가 있는 법이지."

이한열의 말에는 현묘한 기운이 흘렀다.

그는 화론미학이 이토록 훌륭한 가르침을 담고 있을 줄 상상도 하지 못했다.

사사삼경이 아닌 화론미학을 읽고서 가슴 벅찬 감동에 눈시울이 붉어질 줄이야!

세상에는 쓸모없는 것이 하나도 없음을 이한열은 화론미학을 읽으면서 실감했다.

"악이 있기에 선도 있다. 그릇된 사마가 있기에 올곧은 정이 있는 것이야."

비로소 이한열은 사람의 감정에 대한 이치를 이해할 수 있었다.

보통 선한 삶을 살아가는 사람을 선인이라고 한다. 선인들은 인간으로서 의무와 자율이 조화된 삶을 살아가는 사람들이다.

의무와 자율이 조화롭지 못하고 일그러진 강호의 사람들이 바로 사마외도들이다.

이한열은 강호에 나가지 않고 책을 읽으면서 강호의 생리에 대해서 알아냈다. 그것도 강호인이 아니라 학자로서 말이다.

방에 앉아 천리를 바라보는 것처럼 참으로 재미있는 일이 이한열에게 일어났다. 그는 깨달음을 통해 사람에 대해서 보다 잘 알게 됐다.

"아니지. 이건 그렇게 단순한 것이 아니야. 사람은 어디에 있으나 똑같아. 황실과 시중 그리고 강호에 있어도 사람의 성품은 바뀌지 않아."

이한열이 다시금 생각에 빠져들었다.

그러면서 곰곰이 자신의 처지에 대해서 떠올려봤다.

근래 들어 관직이 올라가면서 축하해 주는 사람들이 많았다. 하지만 그에 비례하여 고깝게 바라보는 사람들도 늘어났다.

지금 방에 처박혀 있는 것도 고깝게 생각하는 사람 때문이었다.

"나에게 이득이 되는 사람은 동료이며 선이고, 나에게 해가 되는 사람은 적이며 악이다."

이한열이 극단적으로 받아들였다.

세속적인 그에게 깨달음은 깨달음으로 끝날 뿐이었다.

공은 공이고, 사는 사인 것처럼 말이다.

복잡하게 생각해서 좋을 것이 없었기에, 그는 이런 부분에 있어서는 아주 깔끔하고 단순했다.

"갑자기 기분 더러워지려고 하네."

자의가 아닌 타의로 방에 처박혔다는 생각이 들자, 이한열이 얼굴을 구겼다. 이런 상황에 처한 것이 마음에 들지 않았다.

"흐흐흐! 기다려라. 받은 걸 잊지 않고 돌려줄 테니까."

이한열이 이를 부득부득 갈았다.

복수를 하기 위해서는 더욱 높이 비상해야 했다.

혼자서 열 내고 광분하면 적들의 의도대로 움직이는 꼴만 된다.

슥!

이한열의 마음이 평온해지면서 구겨졌던 얼굴은 원래대로 돌아왔다.

스윽!

살짝 올라간 입꼬리에 적에 대한 비릿한 살기가 가득 담겨 있었다.

슥!

고개를 숙인 이한열이 화론미학의 가르침에 다시금 빠져 들었다.

第二章
북평대로

이한열이 주수선의 부름을 받고 황실로 들어왔다.

"군주 마마, 이한열이 문후드리옵니다."

"어서 와."

주수선이 이한열을 반겼다.

"재미있게 보냈나 봐? 신수가 훤해 보이는데……."

"그저 방에 처박혀서 세월을 보냈습니다."

"얼굴에 기름이 잘잘 흐르고 있잖아."

주수선이 아름다운 얼굴을 찡그렸다.

슥!

주수선의 미간이 살포시 모여드는 그 얼굴 모습도 아름다웠다. 그녀는 개차반 성격을 드러내지 않으면 황실의 제일 미인이라는 소리를 들었다.

하지만 그 성격이 문제였다.

바로 지금처럼 말이다.

"젠장! 누구는 황실에서 죽도록 일하고 있는데, 어떤 놈은 도낏자루 빠지는지도 모르고 신선놀음을 했다 이거지?"

주수선이 이를 부득부득 갈았다.

새로운 황제가 즉위한 뒤로 가장 바쁜 사람 중 한 명이 바로 주수선이었다. 음주 가무와 여인들 육체에 푹 빠져서 세월을 보내는 황제 탓에 주수선이 바빠졌다.

처음에는 황제의 정무 가운데 일부분만 주수선이 맡았지만, 이제는 아니었다. 상당 부분의 정무를 주수선이 처리해야만 했다.

황제가 세상에서 가장 존귀한 자리이지만 결코 편안하지는 않다. 무수히 많은 일들에 대해 처리를 해야만 했다.

"저도 죽으라고 공부했습니다. 그러니 진노를 푸시지요."

"빌어먹을! 공부는 학자인 네놈에게 즐거운 일이잖아."

"그렇기는 합니다. 군주 마마께서도 정무를 싫어하지 말고 즐기시면 편안해지실 겁니다."

"대신들이 얼마나 귀찮게 하는지 네가 몰라서 그래. 조금 전에서 늙은 대신들이 귀양간 자들 가운데 가벼운 죄를 지은

자를 풀어주라고 얼마나 징징거린 줄 알아?"

"귀양간 자들은 기본적으로 뛰어난 재능을 지녔습니다. 조정에 등용하면 큰 도움이 될 수 있습니다."

이한열은 늙은 대신들이 왜 귀양간 자들을 풀어주려고 하는지 이해했다.

"머리가 아파서 죽을 지경이다. 봐라! 너무 신경을 쓴 나머지 새치까지 났어."

주수선이 귀밑머리를 들이밀었다.

삼단처럼 검은 머리카락 사이로 희끗희끗한 흰 머리가 보였다. 짧은 시간에 너무나도 많은 심혈을 기울인 나머지 흰 머리가 자라났다.

그녀가 백성들에게 무겁게 내리던 세금을 감면해 주기 위해 많은 시간을 보내며 고민했다. 황실재정과 백성들의 세금 감면 사이에 적정한 비율을 찾아내기가 무척이나 어려웠다.

그녀가 고민하여 세금 감면을 결정하여 고생하는 백성들의 부담을 덜어줬다. 뜻있는 조정의 대신들과 세금 감면을 받은 백성들이 몹시 기뻐했다.

괴팍한 성격의 그녀이지만 성품이 따뜻한 면이 존재했다.

그녀의 좋은 점을 본 조정의 대신들이 개선해야 할 수많은 정책들을 건의했다. 졸졸 따라다니면서 왜 개선해야 하는지 이유까지 설명했다.

악착같이 달라붙은 조정의 대신들 때문에 세상의 수많은 일들을 처리하고 결정하면서, 젊었던 그녀가 순식간에 늙어갔다.

"군주 마마께서 노력하고 계시기에 새로운 왕조의 기틀이 잡혀가고 있습니다."

"염병하고 자빠졌네. 다른 놈들이 좋아할 때 나는 죽어간다. 나를 괴롭히는 늙은 대신 놈들 모두 여자들 위에서 복상사나 했으면 좋겠다."

주수선이 욕을 퍼부었다.

복상사라니?

늙은 대신들에게 축복이 아닐까?

"큭!"

이한열이 웃음을 터트렸다.

주수선이 어디서 배워 저런 말을 하는지 이한열은 웃음을 참기가 힘들었다.

"어라? 웃어?"

"웃겨서 웃었을 뿐입니다. 대체 그런 말을 어디서 배우셨습니까?"

"시녀들이 이야기하더라. 몇몇 설치는 남자 놈들을 엉덩이로 깔아서 복상사시키겠다고 말이야."

처녀인 주수선이 얼굴 하나 변하지 않고 태연하게 말했다.

그녀의 팔에 찍힌 수궁사가 무척이나 선명했다.

"그렇군요."

"감히 군주인 내 말에 웃어? 너도 복상사시키고 싶은데……."

"아이쿠! 참아주십시오."

주수선의 성품을 알고 있는 이한열이 짐짓 엄살을 피웠다.

태평스러운 이한열을 본 주수선의 배알이 뒤틀렸다.

"복상사는 아니더라도 일에 치여 죽게 만들어 주지."

"네?"

"군주가 바쁜데 수하인 네가 한가하다는 건 말이 안 돼."

"저도 바쁩니다."

"웃기는 소리! 어디 보자! 너를 귀찮게 할 수 있는 일이 뭐가 있을까?"

주수선은 야릇한 미소를 지으면서 곰곰이 생각했다. 복잡하고 귀찮을 일들이 그녀의 뇌리에 여럿 떠올랐다.

"아! 그거면 되겠다. 북평대로 알지?"

"알지요."

이한열이 고개를 끄덕였다.

북평대로는 유사시 병력이 만리장성으로 가장 빠르게 내달릴 수 있는 길이었다.

명 황조가 들어서면서 가장 심혈을 기울인 분야 중 하나가 바로 만리장성 너머의 이민족들에 대한 관리였다.

이민족들이 침략할 경우, 북경의 대군이 잘 뚫린 북평대로를 타고 이동한다.

북평대로는 군사도로이면서 상업도로였다.

군사도로의 용도보다 만리장성 너머의 이민족들과의 상업적인 용도로 더욱 많이 사용됐다.

황실이 이민족들을 억압만 할 수는 없었다.

채찍으로 때리다가도 당근을 제시해야만 하는 경우가 자주 발생했다. 그리고 그런 이민족들과의 거래를 통해 황실이 더욱 풍족해진다.

"한동안 북평대로에 대한 관리를 제대로 못 했어. 그래서 길이 아주 엉망이야."

"북평대로를 시급히 정비해야 합니다."

이한열이 조언했다.

만리장성 너머 이민족들이 수시로 침략을 해오고 있는 혼란스러운 실정이었다. 그렇기에 북경의 대군이 만리장성으로 가장 빠르게 출동하기 위해서 북평대로를 정비해야만 했다.

북평대로가 상업적인 용도로도 중요했지만 가장 중요한 건 바로 군사적인 부분이었다.

"알고 있다니 다행이야. 그걸 네가 맡아 줬으면 해."

"전 문화전대학사입니다만……."

"하라면 해! 억울하면 네가 상관하던지……."

주수선이 환하게 웃으며 말했다.

그녀는 북평대로 문제 때문에 골치를 싸매고 있었다.

북평대로 정비에 필요한 경비를 산출하는 문제에서부터 필요한 인부들까지, 해결해야 할 부분이 너무나도 많았다.

주수선은 그런 복잡한 문제를 이한열에게 몽땅 떠넘겼다.

"끄응!"

이한열이 앓는 소리를 내뱉었다.

"경비는 얼마나 주실 수 있습니까?"

"최저로 해."

"노역 징집은 어느 정도나 가능합니까?"

"그것도 최소로 해야지."

"흠!"

이한열이 답답한 표정을 지었다.

정비에 필요한 경비를 줄이면 황실에는 좋을지 몰라도 그걸 수행해야 하는 당사자는 죽을 노릇이었다.

북경에서 만리장성까지 이르는 북평대로를 정비하는 데 엄청난 비용이 들어갈 건 뻔하다. 시급하게 정비해야 하는 북평대로이지만 쉽게 시도를 못 하는 건, 엄청난 경비와 함께 노역을 징집하는 데 있어 백성들의 강력한 반발에 부딪힐 것이기 때문이었다.

"호호호호!"

주수선이 고민하는 이한열을 보면서 재미있게 웃었다.

그녀는 이한열에게 말은 안 했지만, 이미 북평대로에 대한 경비산출과 노역 인원에 대한 계획안을 대신들과 주무부처에 제출하도록 지시했다.

하지만 수많은 계획안 가운데 주수선의 마음에 드는 건 단 하나도 없었다. 그렇기에 그녀가 더욱 머리가 아팠다.

"할 수 있겠지?"

"휴우! 아랫사람이 뭔 힘이 있겠습니까? 하라면 해야지요."

"주제 파악을 잘하고 있다는 점에서 너를 좋아한다니까."

"그런 좋아함이라면 사양입니다."

"호호호호!"

주수선이 짤랑짤랑한 웃음을 터트렸다.

이한열을 만나자 복잡했던 심경이 시원해졌다.

주수선의 큰 웃음소리가 밖에까지 퍼졌다.

"군주 마마께서 기분이 좋으신 모양이야."

"한동안 이마를 찌푸리고 계셔서 무서웠어."

밖에서 대기하고 있는 시녀와 환관, 무장들이 웃음소리를 들었다. 그들은 근래 주수선의 불편한 심기 때문에 함께 힘들어했다.

뜨거운 차를 따르다가 실수를 한 시녀가 주수선에게 호되게 혼난 뒤에 황궁을 떠나야만 했다. 평소라면 그냥 넘어갈 수도 있었던 일인데 주수선의 불편한 심기로 인해 큰 화를 당했다.

그걸 목격한 사람들은 각별히 조심해야 했다.

"문화전대학사를 만나고 계시지 않아?"

"이한열 진사님과 독대하고 계셔."

"한직으로 밀려날 거라는 소문이 있었잖아?"

"웃기는 소리! 군주 마마의 저 웃음소리가 들리지도 않니?"

"군주 마마의 최측근인 이한열 진사님이 한직으로 물러날 일은 없지."

"오히려 영전할 거야."

"이한열 진사님에게 잘 보여야겠네."

"혹시 문화전대학사님의 부인 자리를 노리는 거야?"

"혹시 알아? 내가 그 자리를 차지할지도 모르지."

"흥! 김칫국 마시고 있네. 하늘이 두 쪽 나도 그럴 일은 없어."

"이년이…… 싸우자는 거야?"

"덤벼!"

무료한 시간을 보내던 시녀들이 낮은 목소리로 잡담을 나눴다.

평소의 분위기로 돌아온 주수선의 웃음소리에 시녀들의 긴장이 풀렸다.

평소 자유분방한 주수선은 시녀들을 비롯한 측근에 딱딱한 규율을 요구하지 않았다. 그렇기에 측근들이 자유롭게 이야기할 수 있었다.

측근들은 이한열이 주수선에게 있어 참으로 중요한 존재라는 걸 알아차렸다.

주수선에게 밉보여 몰락할 것이라고 예상됐던 이한열의 화려한 황궁복귀가, 주수선의 웃음소리와 함께 사람들에 의해서 퍼져 나갔다.

이한열은 주수선의 명령을 받자마자 곧바로 북평대로에 대한 조사에 들어갔다. 혼란스러운 만리장성 너머의 일을 알고 있었기에 지체할 수 없다는 걸 누구보다 잘 알았다.

"정비에 필요한 경비는 얼마나 나오는가?"

이한열이 상석에 앉아서 위엄 섞인 음성으로 물었다.

방 한쪽의 벽에는 거대한 지도가 펼쳐져 있었고, 지도에 북평대로가 정밀하게 그려져 있었다.

이한열의 양쪽으로는 토목을 담당하는 관리들과 기술자들 이십여 명이 의자에 앉아 있었다.

이한열은 복잡한 경비 책정을 직접 나서지 않았다.

아랫사람들은 이럴 때 쓰라고 있는 것이었다.

"……."

"……."

누구를 지칭한 물음이 아니었기에 사람들이 입을 열지 않았다.

정확한 답을 알 수가 없는 문제였기 때문이었다.

이한열이 바로 옆에 위치한 관리를 지그시 바라보았다.

"대인! 워낙에 북평대로가 길어서 아직 정확하게 보수경비가 책정되지 않았습니다."

대답을 강요하는 눈초리에 관리들 가운데 가장 높은 조곽숙이 어쩔 수 없이 입을 열었다.

"뭣이라? 아직까지 제대로 알지 못하고 있다고?"

이한열이 쏘는 듯 날카로운 시선을 조곽숙에게 던졌다.

"노역에 동원할 사람들의 숫자가 정해지지 않았고, 또 시기도 미정입니다. 그렇기에 제대로 산출할 수가 없었습니다."

얘기를 할까 말까 망설이던 조곽숙이 변명을 늘어놓았다.

그것이 끝이 아니었다.

조곽숙은 북평대로가 잔뜩 망가졌다는 이야기를 들었지만 어떻게 어디가 문제인지 제대로 알지 못했다.

그건 이곳에 있는 모든 사람들이 마찬가지였다.

"한낱 변명에 지나지 않는군. 여기에서 북평대로를 직접 가서 살펴본 사람이 있는가?"

이한열이 사람들을 훑어보면서 진중하게 물었다.

공부에 예습이 중요한 것처럼, 제대로 정비를 하기 전엔 철저한 조사가 먼저였다.

"큼!"

"험!"

"……."

"……."

"죄송합니다."

북경의 관리들과 토목 기술자들은 산과 들을 직접 돌아다니면서 북평대로를 살펴보지 않았다. 이곳에 모인 자들은 하나같이 배에 기름이 잔뜩 끼어 있었다.

"자네들은 무거운 엉덩이들을 가졌군."

이한열의 눈빛이 매서워졌다.

그는 북평대로에 대한 사람들의 정비 계획안을 면밀하게 살펴보았다. 주수선이 건네준 정비 계획안을 보면 모두 제각각이었다.

한 사람은 엄청나게 비싼 경비가 필요하다고 했고, 어떤 사람은 턱도 없이 적은 금액이면 된다고 허풍을 늘어놓았다.

어느 계획안도 현실성을 가지고 있지 못했다.

“일들 하기 싫은가?”

“그것이 아니오라…….”

조곽숙이 변명을 늘어놓으려고 했다.

“모두 유배 가고 싶지?”

이한열이 살벌한 말을 툭 내뱉었다.

“헉!”

“크헉!”

“제발 살려 주십시오.”

사람들이 일제히 이한열에게 애걸복걸하였다.

주수선의 최측근으로 알려진 이한열이라면 말 한마디로 그들을 모두 유배 보낼 수 있었다.

이한열에게 있어 눈앞의 자들은 일하지 않는 하찮은 관리들에 불과했다.

“군주 마마께서 고심하고 계시는 일을 이처럼 엉터리로 하고 있다니, 말이 된다고 생각하나?”

이한열이 일갈을 터트렸다.

“부디 진노를 거둬주십시오. 최선을 다하겠습니다.”

“살려 주십시오. 대인!”

“유배를 보내지 말아 주십시오.”

사람들의 얼굴이 하얗게 질렸다.

유배를 가는 순간 자신뿐만 아니라 가족들의 고생길도 열린다. 집안이 풍비박산 날 것이다. 그리고 유배에서 살아서 돌아올 수 있을지도 의문이었다.

"군주 마마께 보고하면 너희들의 유배는 따 놓은 당상이지."

이한열이 공포스러운 분위기를 조성했다.

그는 일하지 않는 아랫것들을 굴리는 법을 잘 알고 있었다.

이런 자들에게는 채찍과 공포가 바로 최고였다.

털썩!

조곽숙이 무릎을 꿇으면서 간절하게 빌었다.

"살려 주신다면 은혜를 잊지 않겠습니다."

"대인! 살려 주십시오!"

"죽어라고 일하겠습니다. 유배를 거둬 주십시오."

다른 사람들도 앞 다퉈 무릎을 꿇었다.

깜짝 놀란 사람들의 얼굴이 하얗게 질리다 못해 시커멓게 죽어갔다. 정말 죽을 수도 있다는 극도의 공포에 빠져들었다.

"흐음! 뉘우치는 것 같으니 한 번 기회를 줘 보지."

이한열이 말했다.

그는 애당초 사람들을 유배 보낼 생각이 없었다.

방만하고 게으른 점이 있기는 하지만, 그건 관직에 있는 사람들에게 흔하게 발견되는 증상이었다. 그리고 눈앞의 사람들은 북경에서 토목건축에 있어 인정받는 자들이었다.

이한열이 잘 사용하면 사람들은 훌륭한 능력을 발휘했다.

기회를 준다는 말에 사람들이 감격스러운 표정을 지었다.

"하혜 같은 은혜에 감사드립니다."

"앞으로 최선을 다해 대인을 보필하겠습니다."

"일어들 나!"

이한열의 말에 일어난 사람들의 얼굴빛이 여전히 창백했다.

"강제노역은 죄수들을 동원할 생각이다."

이한열이 심중에 있던 생각을 꺼냈다.

감옥에는 혼란한 시기 때문에 죄를 지은 수많은 죄수들이 넘쳐났다. 죄수들을 동원한다면 노역 때문에 사람들을 징집하지 않아도 됐다.

"절묘한 생각입니다."

"참으로 탁월하신 결정입니다."

사람들이 이한열의 생각에 탄성을 터트렸다.

"노역을 통해 죄를 감면시켜 준다고 하면 죄수들도 열심히 일을 할 것이다."

"그렇습니다."

"옳으신 말씀입니다. 죄수들을 이용하면 백성들의 반발을 최소화할 수 있습니다."

조곽숙은 진작 왜 죄수 동원을 생각하지 않았는지 자신들의 머리를 탓했다.

"죄수들을 동원하면 북평대로 정비 비용을 획기적으로 줄일 수 있습니다."

조곽숙이 부르짖었다.

"알고 있어."

이한열이 담담하게 인정했다.

그는 이미 수많은 조사 끝에 최적의 죄수들의 동원 인원과 정비 비용, 물량 소요에 대해서 산출해냈다.

하지만 아직 산출해낸 부분에 대한 추가적인 정보가 필요했다.

"가장 타탕하게 모든 부분을 산출해내기 위해서는 북평대로의 망가진 정도에 대해서 정확하게 알아야 해."

"맡겨 주십시오. 빠른 시간 내에 북평대로의 어디를 고쳐야 하는지 조사하겠습니다."

조곽숙이 눈빛을 반짝이며 말했다.

어디서부터 손을 대야 할지 제대로 계획이 서지 않았을 때는 망망대해를 떠도는 기분이었다.

하지만 이한열이 계획을 잡아 주자 명확하게 길이 보였다.

"잘 해봐. 제대로 하면 그에 대한 대가가 뒤따를 테니까."

조금 전까지 채찍으로 사람들을 쥐어짜던 이한열이 당근을 제시했다.

이한열은 인간을 끝없이 쥐어짜면 결국 터져 버린다는 걸 누구보다 잘 알고 있었다. 적당한 보상책을 제시해야 더 열심히 일하는 법이다.

"열심히 하겠습니다. 맡겨 주십시오."

조곽숙이 다부지게 말했다.

"그래."

이한열이 고개를 끄덕이면서 믿는다는 행동을 취했다. 깨달음을 통해 사람들의 순수한 감정을 보다 정확하게 인지할 수 있게 됐다.

열심히 하겠다는 조곽숙의 마음은 진심이었다.

조곽숙을 필두로 다른 사람들도 열정으로 눈을 불태웠다.

조곽숙을 비롯한 관리와 토목 기술자들이 북평대로를 수없이 오가면서 정비해야 할 부분을 찾아냈다.

수많은 조사 끝에 결국 어디를 어떻게 고쳐야 하는지 이한열의 마음이 정해졌다.

"죄수를 동원한다니 말도 안 됩니다."

"불가합니다."

북평대로 보수작업에 죄수 동원 계획이 알려지자 조정이 시끄러워졌다. 하지만 이한열은 죄수 동원에 대한 의지를 굽히지 않았다.

"최소의 비용으로 북평대로를 보수할 수 있습니다. 그리고 노역을 통해 가벼운 죄를 지은 죄수들을 사면시키는 좋은 길입니다."

이한열이 주장했다.

주수선은 이한열을 강하게 지지했고, 이한열은 빠르고 적은 비용으로 북평대로를 정비하겠다는 의지를 더욱더 확고히 천명했다.

많은 대신들의 반대 끝에 결국 조정에서 죄수 동원 계획이 통과됐다.

감옥에서 끌려 나온 죄수들은 북평대로를 정비하는 데 잡혀갔다.

"빌어먹을! 노역하다가 죽는 거 아니야?"

"쳇! 난 감옥에서 복역할 날이 얼마 안 남았어. 마른하늘에 날벼락 맞은 꼴이군."

"기회가 생기면 도망치고 말겠어."

죄수들은 노역에 대한 걱정을 지우지 못했다.

노역이라고 하면 가혹한 일로 인해 건장한 체격의 성인 남자도 죽어 나간다. 그만큼 노역이 백성들에게 주는 공포감이 대단했다.

죄수들만을 동원해서 북평대로를 정비하겠다는 이한열의

생각은 커다란 모험이었다. 만약 공사가 잘못되었다가는 이한열이 웃음거리로 전락할 가능성도 다분했다.

그리고 그건 이한열만으로 끝나지 않는다.

이한열을 믿고 지지해 준 주수선까지 함께 도매 급으로 넘어간다.

그렇기에 이한열에게 있어 이번 일은 매우 큰 위험 부담이 존재했다.

"나라를 위한 이번 일에서 나는 이익을 남겨야 한다. 하지만 북평대로 정비에 들어가는 돈을 탐해서는 안 된다. 그렇게 되면 부실공사가 되고, 아랫사람들도 착복할 것이다."

이한열은 언제 어디서나 자신의 이익을 최우선으로 생각하였다.

"그런 내가 지금 이익을 남기는 것은 무엇일까?"

이한열의 머리가 팽팽 돌아갔다.

부실공사도 안 되고, 부정착복도 안 된다.

그렇다면 남은 답은 하나밖에 없었다.

"저렴한 비용으로 죄수들을 효율적으로 부려, 최대한 빠른 속도로 북평대로를 보수하면 된다. 그것이 바로 나의 가장 큰 이익이다."

이한열은 이익으로 공적을 쌓는 걸 택했다.

죄수들에게 임금을 주지 않는다고 하지만 의식주 등의 비용이 들어갔다. 들어가는 돈은 공사 기간에 비례하여 늘어난다.

그래서 공사 기간을 단축하게 되면 황실 입장에서는 많은 돈을 버는 것과 똑같았다.

"열심히 일해라. 그리하며 가벼운 죄를 지은 사람은 중간에 방면시켜 줄 것이다."

현장에서 이한열이 죄수들을 격려하였다.

"흥! 헛소리!"

"저런 소리에 넘어갈 정도로 헛살지는 않았지."

북평대로를 보수하는 죄수들이 이한열의 말을 무시했다. 대부분 죄수들이 대충대충 건성으로 일을 하였다.

"빌어먹을 놈들아! 문화전대학사님께서는 언행일치를 실행하시는 분이다."

"제대로 일하면 최고 책임자 이한열 진사님의 말씀처럼 방면된다."

지켜보고 있던 관리들과 병사들이 이한열의 말에 힘을 실어 줬다. 그러나 여전히 대다수 죄수들은 시큰둥한 분위기였다. 그렇지만 소수의 죄수들이 땀을 뻘뻘 흘려가면서 열심히 노역했다.

"뜨거운 맛을 봐야 제정신을 차리겠군."

"몇 놈 본보기로 목을 날릴까요?"

병사들이 죄수들을 상대로 스산한 살기를 뿌렸다.

그들이 이한열의 명령이 떨어지면 당장 죄수들의 목을 날리려고 했다.

"됐다. 며칠이 지나면 자연스럽게 해결될 문제다."

이한열이 병사들을 만류했다.

효율적으로 일을 시키기 위해서 가장 필요한 것이 무엇인지 이한열은 잘 알았다.

슥!

이한열은 땀 흘리면서 일하는 죄수들을 유심히 살펴보았다.

며칠이 흘렀다.

"헉! 어제 왕팔이가 진짜로 방면됐어."

"거짓말이지."

"아니야. 고향으로 떠나갈 노잣돈까지 병사에게 받는 광경을 내 두 눈으로 똑똑히 봤어."

"정말이야?"

"임등 아저씨도 어제 풀려났어."

"우리 천막에서도 방면된 사람이 있어."

"그들은 모두 땀 흘리면서 열심히 일한 사람들이잖아."

"진짜구나. 열심히 일하면 풀려난다는 말이 거짓이 아니었어!"

죄수들 사이에 방면된 사람들에 대한 이야기가 퍼졌다. 빠른 속도로 퍼진 소문에 죄수들의 눈에 뜨거운 열기가 흘렀다.

"열심히 일하자."

"비켜! 여기는 내가 고칠 거야."

"내가 바닥에 돌을 깔 거다."

죄수들이 미친 듯이 몸을 움직이기 시작했다.

미적거리던 죄수들이 열정적으로 달려들자, 일의 진행속도가 전과는 비교도 할 수 없을 정도로 빨라졌다. 온몸에 땀이 비 오듯 흐를 만큼 죄수들은 바쁘게 움직였다.

"지금 흘리는 땀방울의 무게가 너희의 죄를 감해 줄 것이다."

이한열이 작업을 독려했다.

그는 현장에서 숙식을 해결하고 있었다.

편안한 잠자리를 마다하고 천만 한쪽에 간이침대를 가져다 놓고 생활했다.

가장 열심히 일을 하는 사람이 바로 이한열이었다. 최고 책임자가 솔선수범을 보이고 있었기에 관리들과 토목기술자들도 현장에서 열심히 일했다.

콰르릉! 콰르릉!

단단한 돌을 싣고 오던 수레가 무게를 버티지 못하고 그만 옆으로 쓰러져버렸다. 순식간에 전복된 수레였다. 수레에 실린 돌들이 요란한 소리와 함께 바닥으로 쏟아졌다.

"사고다."

"사람이 돌에 깔렸어."

작업하던 죄수들이 미처 피할 틈도 없이 일어난 사고였다.

"크으윽!"

돌에 다리를 깔린 죄수가 고통스러운 신음을 내뱉었다.

"비켜!"

멀리서 작업을 감독하고 있던 이한열이 황급히 사고 현장으로 달려왔다.

슥!

그가 무거운 돌덩어리를 두 손으로 잡고 힘을 줬다.

우드득! 우드득!

엄청난 무게의 돌덩어리가 이한열의 손에 의해서 천천히 들어 올려졌다.

"헉!"

"천근 무게의 돌을 들었어."

사람들이 경악했다.

평소 학창의와 유생복을 주로 입는 이한열이 천근 무게의 거대한 돌을 들어 올릴 줄은 상상도 하지 못했기 때문이었다.

"다친 사람을 꺼내."

이한열이 일갈했다.

"네."

"알겠습니다."

정신 차린 사람들이 다친 죄수를 돌덩어리에서 끄집어냈다.

"크흐흐흑! 감사합니다. 죽다가 살았습니다."

죄수가 이한열을 향해 고개를 숙였다.

꼼짝없이 죽었다고 생각한 죄수는 최고책임자인 이한열이 직접 다가와서 도와줄 것이라고 상상도 하지 못했다.

"최선을 다해 치료시켜."

이한열이 명령했다.

"알겠습니다. 의원에게 데리고 가겠습니다."

"흐흐흑! 저따위 천한 놈을 챙겨 주시다니 이 은혜 잊지 않겠습니다."

"잘 먹고 잘 치료받아 멀쩡한 모습으로 돌아오는 것이 은혜에 보답하는 길이다."

이한열이 따뜻하게 죄수를 바라보았다.

"크흐흐흑! 멀쩡해진 모습을 보여드리겠습니다."

감동한 죄수가 어깨를 들썩거리며 흐느꼈다.

죄수가 병사들에게 이끌려서 사라졌다.

"봤어? 죄수인 우리들을 사람으로 취급해 줬어."

"마음이 따뜻한 분이구나."

"저분을 위해서라면 무슨 일이든 할 수 있어."

"죽을힘을 다해 일하자."

지켜보던 죄수들이 이한열의 말과 행동에 큰 감명을 받았다. 그들이 전보다 더욱 열심히 땀 흘리면서 일하기 시작했다.

'효과 만점이군.'

이한열이 환하게 웃었다.

죄수들이 열심히 일하고 있지만 북평대로 정비 작업의 진척은 눈에 크게 띄지 않았다. 아직 오 분지 일도 끝내지 못한 상태였다.

그렇기에 이한열은 죄수들이 더 열심히 일할 수 있도록 약간의 가식적인 모습을 선보였다. 멀쩡해진 모습으로 돌아오라고 말할 때는 자신이 말해놓고도 손발이 오글거렸다.

이한열은 전력으로 죄수들이 일할 수 있도록 조치했다.

개떼처럼 달라붙어 일하는 죄수들에 의해 북평대로가 빠르게 정비되어갔다.

이한열과 죄수들이 혼신의 힘을 다해 일한 결과, 북평대로는 예상보다 빠른 시간 내에 완벽하게 정비를 끝마쳤다.

"만세!"

"드디어 해냈다."

"우리가 북평대로를 정비했어."

죄수들이 만리장성까지 북평대로를 완벽하게 보수했다.

"가장 짧은 시간에 길을 정비한 그대들에게 경의를 바친다. 이제 그대들은 모두 자유다."

이한열이 선언했다.

"와아아! 만세!"

"이한열 진사님, 만세!"

"문화적대학사님이 최고다."

"대명황실이여! 영원하라."

죄수들의 입에서 이한열에 대한 찬양의 소리가 터져 나왔다.

죄수들을 어떻게 잘 이용할지 생각한 이한열이 최고의 찬양과 존경을 받았다.

第三章

특급 황궁무고

스윽!

이한열의 입가에 잔잔한 미소가 피어났다.

"……."

뜨겁게 타오르는 이한열의 눈동자가 책에 고정되어 있었다.

두근! 두근!

학사인 그에게 책은 보약이나 마찬가지였기에 심장이 강하게 박동했다.

책의 바다가 그의 눈앞에 펼쳐져 있었다.

황족이나 허락받은 극소수만 들어설 수 있다는 특급 황궁무고에 이한열이 들어서 있었다. 황궁무고에서 그는 새로운 기회를 맞이할 수 있었다.

"출세했군."

이한열이 중얼거렸다.

황자지란에서 펼친 대단한 공훈과 함께 북평대로 정비를 깔끔하게 끝마친 이한열에게 주수선의 따뜻한 배려를 해 줬다.

특급의 황궁무고에 들어선 이한열이었다.

"어라! 이 말 어디서 들었던 것 같은데……."

이한열이 곰곰이 생각했다.

"아!"

그가 탄성을 터트렸다.

"사갈철왕 여관숙이 했던 말이었구나!"

가상현실이라는 커다란 기연을 전해 준 여관숙이 혈마교의 혈세서고에 들어서면서 제일 처음 내뱉었던 말이 바로 '출세했군.' 이었다.

그런 말을 지금 이한열에게 똑같이 되풀이했다.

"사갈철왕의 기연이 있었기에 지금의 내가 있는 것이지."

이한열이 한 번도 보지 못한 여관숙을 떠올리면서 고마워했다.

강호에서 사갈철왕이라면서 손가락질받는 여관숙이지만

이한열에게 있어서는 커다란 은인이었다. 우연히라도 보게 된다면 이한열이 땅바닥에 엎드려서 절이라도 올려야 할 판이었다.

"은혜 잊지 않고 있습니다."

이한열이 감사한 마음을 가슴 속에 깊이 되새겼다.

여관숙의 가르침을 가상현실을 통해 함께 지켜보았기에 특급 황궁무고에 들어설 기회를 얻었다. 특급 황궁무고의 책들이 하나라도 밖에 유포가 되면 커다란 분란을 일으킬 수 있었다. 하나하나의 책들이 모두 경세적인 내용을 담고 있었다.

그런 책들이 즐비한 특급 황궁무고를 주수선이 이한열을 위해 개방했다. 그녀가 가까운 이한열에게 아낌없이 팍팍 베풀었다.

특급 황궁무고에는 정파의 무공을 비롯해 마도와 사도의 무공들도 잔뜩 널려 있었다. 무공을 잘못 익혔다가는 심성이 비뚤어질 위험이 존재했다.

저벅! 저벅!

이한열이 즐비한 서가들 사이로 걸어 들어갔다.

"향기가 황홀하구나."

코끝에 스치는 책 특유의 냄새가 아주 강렬했다. 오랜 세월을 보낸 고서들과 원본들이 퀴퀴하면서 이상한 냄새를 잔

뜨 뿜어냈다.

보통 사람이라면 코를 움켜쥘 수도 있는 냄새였다.

하지만 학사인 이한열에게 책의 퀴퀴한 냄새는 아주 달콤했다.

"혈세서고에 비해서 좁네."

이한열이 서고 안을 둘러보면서 혈세서고와 비교했다.

넓은 혈세서고는 서고 전체에 무려 천여 개의 서가들이 죽 늘어서 있었는데, 황궁무고에는 백여 개도 안 되는 서가들만이 위치했다.

"여기는 양보다 극상의 질이겠지."

특급 황궁무고의 서가에 꽂히기 위해서는 엄격한 기준을 통과해야 한다. 하늘을 떨쳐 울렸을 무서들이 서가에 빽빽하게 꽂혀 있었다. 그런 의미에서 보면 엄청난 양의 장서들이 특급 황궁무고에 몰려 있는 것이었다.

"황실의 힘을 잘 보여 주는 풍경이야."

대륙을 지배하고 있는 건 바로 황실이었다.

무림의 강성한 문파들이라고 해도 황실에게 밉보이면 그대로 멸문할 수밖에 없었다. 대륙을 지배하는 황실 앞에서 허리를 꼿꼿하게 세울 수 있는 문파는 어디에도 존재하지 않는다.

현 무림이 황실의 지배에서 일부 벗어난 것은 혼란스러운 황실이 제대로 힘을 발휘하지 못하고 있기 때문이었다.

아쉽게도 현 황실은 강력한 중앙집권을 이루지 못하고 있었다. 황자지난을 겪으면서 황실의 힘이 더욱 약해졌다.

"책들의 향연에 빠져보자."

이한열이 첫 번째 열에 위치한 서가에 바짝 다가서며 한 권의 책을 꺼내 들었다.

팔락! 팔락!

책의 종이가 신명 나게 넘어갔다.

책을 보는 이한열의 눈빛이 차분하면서도 뜨겁게 일렁였다.

두근! 두근!

심장이 요란하게 뛰며 기쁜 심정을 알렸다.

이한열은 시간 가는 줄 모르게 책에 빠져들었다.

그가 책들을 읽으면서 빠르고 느리게 움직였다.

수련하는 데 필요하고 감명받은 부분이 나오면 책을 정독하며 탐닉했고, 익히고 있는 무공과 동떨어져 있으면 그냥 읽는 데 만족했다.

"모든 책을 정독할 수는 없다. 필요한 부분만 발췌하는 데에도 시간이 부족해."

이한열은 황궁무고에서 독서의 기준을 정했다.

그가 황궁무고에서 보내는 시간에 제약을 받지는 않았다.

하지만 언제까지나 황궁무고에서만 보낼 수 없는 노릇이었다. 문화전대학사로서 해야 할 일이 있었고, 급한 일로 주수선이 부를 경우도 있었다.

아무도 없는 황궁무고는 공부하기 참으로 좋은 공간이었다.

팔락! 팔락!

책장 넘어가는 소리만 간간이 울렸다.

과거를 준비하면서 맹렬하게 정진하던 그때의 기세가 지금 이한열에게서 느껴졌다.

오직 책과 그만이 공간에 존재했다.

"강기일식이라! 엄청나군."

이한열이 외문무공의 한 무서를 발견하고서 푹 빠져들었다.

외문무공에는 잘 알려진 단계가 존재했다.

외문무공은 철포삼, 육신갑, 나한기공, 강기일식, 금강불괴로 이어진다.

강기일식은 별 무리처럼 빛나는 강기와 기운이 호흡에 자연스럽게 하나로 녹아드는 단계이다. 들이마시고 내뱉은 호흡에 강기와 기운이 일치하면서 외부와 내부를 철통처럼 보호한다.

강기일식을 두고서 일각에서는 금강불괴 이전에 존재하는

최강의 외문무공이라고 칭하기도 한다. 하지만 호흡에 자연스럽게 강기와 기운을 일치시킨다는 것은 지난한 일이다. 게다가 외문무공으로 강기를 일으킨다는 것은 꿈에 가까운 행위였다.

지금까지 강기일식을 익히겠다고 도전한 외문무공 수련자들이 많았지만, 제대로 연성한 사람은 아무도 없다고 알려졌다.

"강기는 혈혼피로 대신하면 되겠고, 기운은 천인혈골에서 뽑아 쓰면 강기일식을 완성시킬 수도 있겠는데……."

이한열이 강기일식을 자신의 몸에 맞게 수정할 방법을 떠올렸다.

강기일식 비급에는 이한열이 알지 못했던 새로운 내용들이 잔뜩 적혀 있었다.

사람은 생명을 부여받아 어머니의 배 속에 있을 때부터 자연스럽게 호흡을 한다. 호흡을 한다는 것은 살아 있음을 의미하고, 호흡을 하지 못하면 목숨이 끊어진다. 호흡을 한다는 건 자연스럽게 살아감을 의미한다.

호흡은 시간과 공간에 따라 달라지는데 이를 잘 활용하면 오행을 완성시킬 수 있다.

뜨거운 여름에는 화의 기운인 양기가 강해진다. 호흡을 하다 보면 자연스럽게 몸에 열이 많아진다. 인체는 안정을 취하려 하므로, 많아진 열기를 내보내기 위해 숨을 조금 들이쉬고 많이 내뱉게 된다.

여름에만 양기를 축적할 수 있는 건 아니다.

뜨거운 열기로 가득 찬 대장간이나 주방에서도 화의 기운을 받아들일 수 있다.

가을은 금의 기운인 음기가 강해지는 시기이다.

가을에는 축적된 기운으로 열매가 완성되는 시기로, 사람도 몸에 기운을 축적하기 위해 숨을 많이 들이마신다. 금의 기운은 육체를 다스리는데 있어 중추적인 기능을 한다. 금의 기운이 몸에 넘치면 무병장수할 수 있다.

겨울의 물의 기운인 음기가 강성한 시기이다.

겨울은 모든 것이 얼어붙는 시기로 육체도 몸속의 기운을 유지하기 위해서 노력한다. 안정된 현상유지를 위해 자연스러운 호흡을 한다.

봄은 양기에 속하는 목의 기운이 강해진다.

생명이 소생하는 봄의 생기는 겨울의 얼어붙은 탁기를 내쫓는다. 강한 내뱉음으로 탁기를 몸에서 내보내고, 듬뿍 들이마시는 호흡으로 목기를 받아들인다.

세상 만물의 근원인 토의 기운은 사계절 모두에 포함되어 있고, 사람은 흙을 밟고 살아가기에 토의 기운에서 벗어날 수 없다.

오행을 완전하게 받아들여 자연스럽게 호흡할 수 있다면 강기일식을 완성하는 건 결코 어려운 일이 아니다.

"호오! 호흡이란 것이 단순히 들이마시고 내뱉는 게 전부가 아니었구나."

이한열이 호흡의 중요성을 깨달았다.

그러면서 그가 학사답게 호흡의 이치에 대해서 깊게 파헤쳐 들어갔다.

"호흡은 오행의 순환이치와 같다. 오행의 기운과 멀고 가까워질 때 생기는 변화에 의해서 사람이 영향을 받는다. 호흡은 수, 목, 화, 토, 금의 오행으로 이루어져 있음이다."

오행의 어느 하나라도 기울거나 한쪽이 약하게 되면 극과 극으로 변하게 되는 것이 오행의 이치이다. 오행의 이치는 음양과 태극 그리고 혼돈으로 이어진다.

오행은 수레바퀴가 돌아가는 것과 같다. 수레바퀴의 톱니 하나하나가 맞물려 굴러가듯, 천지 만물이 오행으로 순환되며 돌아간다.

"오행은 서로 살리거나 죽이는, 또는 도와주거나 제어한다. 오행과 음양이 서로 관계를 맺으면서 다양하고 복잡한 사상과 팔괘, 구궁으로 이어진다."

지독한 쾌감을 느끼고 있는 이한열의 눈이 밤하늘의 별처럼 영롱하게 반짝였다.

오행은 학문에서 굉장히 중요하다.

과거를 공부하면서 이한열도 오행에 대해서 열심히 공부했다.

역학, 의학, 사상, 천문지리, 풍수, 도학, 성명학 등 학문의 전반적인 부분에 오행의 이치가 녹아들어 있다.

각 영역은 다시 몇 개의 분야로 나뉘게 되는데, 이렇게 다양한 분야에서 다루고 있는 학문은, 대부분 음양과 오행을 이해하여야만 접근할 수 있도록 구성되어 있다.

강기일식을 보면서 이한열은 비로소 오행의 신비로운 이치에 대해서 알아차렸다.

"아!"

이한열의 입에서 탄성이 흘러나왔다.

강기일식에 대한 이해를 통해 외문무공이 부쩍 성장하였고, 또한 학문의 깊이가 깊어졌다. 예전에 수박 겉핥기식으로 알았던 역학, 의학, 사상, 천문지리, 풍수, 도학, 성명학 등의 내용들이 이한열의 뇌리에서 폭죽 터지듯 빵빵 튀어나왔다.

부르르! 부르르!

지독한 쾌감에 이한열이 몸을 떨었다.

무위가 늘어난 것보다 학문의 성장에 이한열에 격하게 감동했다.

무인이기도 하지만 그 이전에 그는 학사였다.

학사라는 사실을 단 한 번도 머릿속에서 지워 버린 적이 없었다.

이한열은 황궁무고에서 학사로서 한 걸음 성큼 내디뎠다는 사실에 너무나도 감격했다. 황궁무고에서 학문의 배움을 얻을 줄 상상도 하지 못했다.

“극과 극은 통하는 법이라더니, 과연 만류귀종이로구나.”

이한열은 학문과 무공이 둘이 아니라 하나라는 사실을 깨달았다.

본질에 대한 큰 깨달음을 얻자 지금까지 헛공부를 했다는 생각까지 들었다.

도리도리!

이한열이 고개를 가로저었다.

“지금까지 한 공부는 결코 헛공부가 아니다. 천 리 길도 한 걸음부터 시작하듯 해 왔던 공부들이 있었기에 깨달음을 얻은 것이다.”

빠른 것이 최고가 아니다.

천천히 가면 늦게 가는 만큼 많은 걸 보는 법이다. 많이 보고 알면서 가다 보면 빨리 지나가서 적게 본 사람을 넘어서기도 하기 마련이었다.

세상 공부에 왕도는 없다.

"학문은 방안에 앉아서 글만 읽는다고 되는 것이 아니다. 무공을 익히는 것처럼 격렬하게 부딪치면서 자연의 이치를 깨달아가야 하는 것이다."

이한열이 자신을 되돌아봤다.

과거에 급제하여 관리가 되기 위해서 부단하게 내달려왔다. 만약 좋은 관직을 제수받았다면 지금처럼 스스로 깨닫는 드높은 깨달음을 얻지 못했을 것이다.

"평생 무공을 익히면서 학문을 스스로 깨달아가야겠다. 그것이 나의 길이다."

이한열이 다 읽은 강기일식을 서가에 꽂아 넣고 다시 걸음을 옮겼다.

팔락! 팔락!

새로운 책이 이한열의 손길에 의해 빠르게 넘어갔다.

오곡백과가 따뜻한 대자연의 기운에 따라 익어가듯 책을 읽어가면서 이한열의 몸과 마음이 알차게 성장해나갔다.

흐읍! 흡!

이한열의 호흡이 강기일식의 가르침을 따라 자연스럽게 오행에 적응해나갔다. 자연의 기운을 받아들이면서 적응해나가는 이한열의 표정이 지극히 편안해 보였다.

강기일식이 이한열의 몸에 녹아들고 있었다.

강호무림과 무공 그리고 외문무공 등에 대한 근본 개념의 변화가 이한열에게 일어났다. 그 변화가 눈에 보일 정도로 강렬해서 주목하지 않을 수 없었다.

후우우우! 후우우우!

황궁무고의 기운이 이한열을 중심으로 소용돌이치고 있었다.

"건곤앙천록이라는 이 책은 선천과 후천에 대해서 이야기하고 있어. 그러면서 기의 개념 및 그 변천을 탐색해나간다. 이, 도, 신, 천 등의 추상적이고 모호한 개념들을 파악하고자 노력했어."

눈에 보이지 않는 기의 개념은 추상적일 수밖에 없다.

수많은 책들을 보고 읽었지만, 이한열의 마음속에 있는 기에 대한 앎도 추상적이었다. 자신만의 추상을 뚜렷한 기둥으로 몸에 세웠을 뿐이었다.

건곤앙천록은 선천과 후천에 대한 논의를 도도하게 펼치고 있었다. 추상적인 부분을 탈피하면 기를 이해하는 데 새로운 길을 열어 놓은 업적이 매우 돋보이는 책이었다.

기의 성격 규명을 시도하는 놀라운 건곤앙천록이었다.

"평범하지 않은 분이 저술한 책이다."

이한열이 건곤앙천록을 저술한 사람이 궁금했다.

하지만 책의 어디에서 저술한 사람에 대해서 기록되어 있지 않았다.

이른바 작자미상이었다.

이한열은 무척이나 학식이 높은 사람이 저술했다는 걸 알 수 있었다.

"기에 대한 조작으로 고, 빙, 장, 세진, 습 등을 언급하고 있는데 이 구결은 보한집에 있는 내용이다."

고는 고취하다는 의미인데, 보한집에서는 기가 처음에는 고요히 있다가도 고취하고 고무하는 데 따라 달라진다고 이야기한다.

빙은 내딛게 하다는 의미이다.

기가 처음에는 가만히 있다가도 내모는 데 따라 달라진다.

장은 씩씩하다는 의미로 사용된다.

기가 처음에는 힘이 없다 해도 씩씩하게 만들 수 있다는 뜻이다.

"문은 도를 밟아 가는 문이라서 떳떳지 못한 말은 하지 않지만, 기를 고취하고 말을 자유롭게 하여 듣는 이들을 놀라게 하고 감동시키기 위해서는 혹 험괴한데 나아가기도 한다.

기궤함에 위탁한 뒤에야 기가 장하고 의가 심하여 그 사가 현하게 되어서 사람의 마음을 감동시켜 깨우치고 미묘한 뜻을 드러나게 하는 데 충분하게 되어 마침내 바름으로 돌아갈 수 있게 한다."

이한열이 곰곰이 읽은 글귀를 사색했다.

탁!

이한열이 손바닥으로 무릎을 치면서 환호하였다.

"학사가 젊어서부터 붓을 달리면 모두 새로운 뜻을 창출하였으니 말을 내뱉음이 점점 많아질수록 기를 펼침이 더욱 씩씩해진다는 뜻이구나."

이한열은 고나 빙이 지향하고 있는 바가 바로 장임을 알아냈다.

"세진은 어떻게 기에 작용할까?"

이한열이 다음으로 이어지는 내용에 대해서 강렬한 호기심을 느꼈다.

세진은 씻어 없앤다는 의미로 사용되는 말이다.

"건곤앙천록에서는 기를 씻어 없앨 수 있다고 보고 있는 것이구나."

이한열이 놀라워했다.

살아 있는 사람의 몸에 언제나 존재하는 기를 사라지게 할 수 있다니?

이한열이 상상도 할 수 없는 내용이었다.

세진은 습과 바로 연결됐다.

"기를 씻어 없앤 뒤에야 비로소 기를 바로 세울 수 있다고? 아하! 기를 씻어 없앨 수도 있는 것이지만 다른 한편으로 새롭게 익힐 수도 있다고 보았구나."

이한열이 고개를 끄덕였다.

건곤앙천록에서는 기에 대한 조작에 초점을 맞추어 볼 때 결국 기는 처음에는 가만히 있다가도 고취하거나 내딛게 하면 씩씩해진다.

그리하여 익힘에 의하여 새롭게 형성할 수도 있고, 잘못된 것은 씻어 없앨 수도 있는 가변적인 것이라는 주장을 하고 있는 셈이다.

"기를 씻어서 새롭게 형성한다면 외문무공을 익힌 사람이 내문무공까지 배울 수 있다는 소리잖아!"

부지불식간에 건곤앙천록의 묘용에 대해 깨우친 놀란 이한열이 부르짖었다. 그가 생각지도 않게 내문무공까지 자유롭게 사용할 수 있는 실마리를 찾아냈다.

외문무공을 익히고 있는 이한열이라고 해서 내공이 없는 건 아니었다.

그리고 기를 사용할 수 있는 방법이 또 하나 존재했다.

"천인혈골과 혈혼피 마병들을 이용하고, 모산천검에서 진기를 뽑아 쓸 수 있어. 거기에 건곤앙천록의 가르침을 활용하면 내문무공을 제대로 마음껏 펼쳐낼 수 있어."

이한열이 말을 할수록 흥분했다.

그동안 그가 외문무공만 수련해 왔기에 부족한 점이 많았다.

실상 황자지란에서 적들이 빠른 경신술을 이용하여 치고 빠지기를 하거나 원거리에서만 공격했다면 대응하기가 참으로 어려웠다.

경신술을 사용하는 적들보다 빠르게 움직일 방법이 없어, 그저 속수무책으로 맞기만 해야 했다. 약점 때문에 이한열은 황자지란에서 마음을 졸였다.

건곤앙천록에서 다음으로 기를 세진 하는 부분에 대해서 자세하게 언급하고 있었다.

> 호매와 장일로써 기를 삼고, 경준과 청사로써 골을 삼고, 정직과 정상으로써 의를 삼고, 부섭과 굉사로써 사를 삼고, 간고와 굴강으로써 체를 삼는다.

현기가 넘치는 내용이 쉽사리 이한열의 마음으로 와 닿지 않았다. 그러던 차에 예전에 읽었던 글귀가 이한열의 뇌리에 번개처럼 떠올랐다.

"아! 이 부분은 전에 읽었던 문심조룡의 풍골 편과 유사하다. 초창하게 정을 서술함은 반드시 풍에서 비롯하며, 침음하며 말을 포진함을 골보다 앞서는 것이 없다. 따라서 말이 골을 기다림은 몸이 뼈대를 세움과 같으며, 정이 풍을 머금음은 형상이 기를 품은 것과 같다. 말을 엮음이 단직하면 문골이 이루어질 것이고, 의기가 준상하면 문풍이 맑아질 것이다."

골이란 말과 기를 엮어가는 데 필요한 뼈대, 다시 말하면 말과 기의 내면적인 통일성이라 할 수 있다. 결국 골을 바로 세우면 살아서 움직일 수 있는 숨결을 얻을 수 있었다.

기가 있으면 생하게 되고, 기가 없으면 사하게 된다. 기가 있으면 아하게 되고, 기가 없으면 속하게 된다. 기가 있으면 향하게 되고, 기가 없으면 침하게 된다. 기가 있으면 원하게 되고, 기가 없으면 국하게 된다.

기에는 여섯 가지 미혹됨이 있다. 허탄을 고고로 여기고, 완만을 충담으로 여기고, 뜻을 잘못 사용함을 독선으로 여기고, 궤기를 신기로 여기고, 난숙을 온약으로 여기고, 기가 적고 역이 다함을 용이로 여기는 것이다. 여섯 가지 기의 미혹됨을 멀리하라. 미혹에 빠지면 사마에 접어들게 된다.

건곤앙천록에 빠져든 이한열의 마음에 수많은 글귀들이 떠올랐다가 사라지기를 반복했다.

반짝! 반짝!

과거를 준비하면서 읽었던 글귀들이 뚜렷하게 나타났다가 명멸하였다. 외문무공을 익힌 이래 보아왔던 무서들이 눈앞에 활짝 펼쳐졌다. 그동안 읽었던 무협소설과 집필했던 책들도 나타났다.

마음에 떠오른 글들이 스스로 성정을 드러냈다.

이한열이 마음의 글들의 선단을 감발하였고, 사예를 소융하였고, 시비를 가리면서 마땅히 얻음을 낚아챘다.

콰아아아! 콰아아아!

문무학적인 거센 파도가 이한열을 덮쳤다.

이한열이 문학적으로 사무사의 상태에 빠졌다.

사무사는 공자가 한 말로, 시경에 나오는 시라고 하는 것은 생각에 간사스럽거나 아주 못된 마음이 없는 것이라는 뜻이다.

간사하거나 못된 마음이 없는 이한열의 마음이 고요한 호수의 표면처럼 맑았다.

무학적으로 이한열이 삼매경에 빠져들었다.

지금껏 밟아보지 못한 새로운 세상이 이한열의 눈앞에 펼쳐졌다.

이한열에게는 학문에 근본을 둔 문학과 학문에 근본을 둔 무학이 있었다. 학문에 근본을 두었기에 문학과 무학 모두 몸과 마음에 유익했다.

그렇지만 무학이 문학의 아래 개념으로 서 있었다.

애당초 학문에서 시작하여 싹을 틔운 무학이었기 때문이었다.

그러나 무위가 부쩍 성장하면서 무학이 문학에 버금갈 정도로 성장했다. 그리고 황궁무고에 들어서면서 무학이 비정상일 정도로 쑥쑥 성장했다.

결국 무학이 문학의 범위를 벗어날 정도로 깊이와 규모를 넓혔다.

이대로 방치하면 무학과 문학의 충돌이 벌어진다.

그렇게 되면 이한열의 내면의 조화로움이 깨지게 된다.

하지만 이는 아이가 다 자라 독립하는 것처럼 자연스러운 과정이었다.

아이의 완전한 독립, 즉 홀로 설 수 있는 무학의 독립은 축하받아야 하는 일이었다.

무학이 문학에서 벗어나지만 문학의 규모는 줄어들지 않고 더욱 커졌다. 무학이 문학의 깊이를 더욱 깊게 만들고, 넓

이를 보다 넓혔다.

깊어지고 커진 문학의 도움을 다시금 무학이 받았다. 문학에서 벗어나면서 무학이 더욱 세밀해지고 강렬해졌다.

그러면서 문학과 무학 사이에 충돌이 벌어지기도 했다. 문학과 무학이 충돌하면서 흥취를 높였고, 회포를 불면서 서로 감발하였다.

충돌 이후에 서로 도우며 문학과 무학이 보다 높이 비상하였다.

문학과 무학이 서로 상생상극하면서 자유로워졌다. 자연스러운 발로할 수 있는 단계에 이르면서 아주 건강하고 바람직한 상태에 이르렀다.

우우우웅! 우우우웅!

이한열의 몸에서 벌떼 우는 용음이 흘러나왔다.

스르륵!

어느 틈에 이한열이 반개하면서 내면으로 깊이 침잠해 들어갔다.

"……."

이한열이 마음에서 벌어지는 문학과 무학의 명멸을 감상했다. 감상하면서 몸과 마음이 치유되고 있었다.

마음 깊숙이에서 벌어지는 두 거대한 힘의 분출에 그가 정화되고 있었다. 두 거대한 힘이야말로 이한열의 힘의 원천이었다.

시간이 흐르고 있었다.

이한열의 마음의 시간이 억겁으로 지나갔다.

수없이 명멸하는 글귀들과 마음들을 단순히 시간으로 단언할 수 없을 정도였다.

우우우웅! 우우우웅!

카우우우! 카아아아!

용음과 함께 마병들도 사납게 울부짖었다.

천인혈골과 혈혼피가 맹렬하게 날뛰는 가운데 이한열이 당당히 자연의 일부로 홀로 섰다. 마병들의 기운이 충만한 가운데 원기가 왕성하게 일어났다.

스으으! 스으으!

기묘한 기운이 감도는 가운데 이한열의 피부 상태가 맑고 투명해졌다. 붉은 색을 띠는 혈혼피의 색까지 투명해졌다. 신체의 근육과 뼈, 경락 등이 유연하고 원활해져 갔다.

의식이 하늘에 다다를 정도로 깨어나면서 몸에서 일어나는 모든 정보를 받아들였다. 정보가 많아지면서 신체적인 경직이 자연스럽게 생겨났다.

정보들이 이한열의 정신적인 틀을 만들었다.

나무는 가만히 있고자 하나, 바람이 부는 것처럼 고요히 있고자 하는 이한열을 정보들이 사로잡았다.

정보를 받아들이면서 스스로가 만든 틀에 다시금 이한열이 갇혔다. 틀을 깨야 보다 높은 곳으로 올라설 수 있었다.

새롭게 만들어진 틀은 이전의 틀보다 훨씬 견고하고 드높았다.

스르륵!

이한열의 감겼던 두 눈이 떠졌다.

스팟!

강렬하면서도 깊고 심오한 눈빛이 비수처럼 뿜어졌다가 찰나의 순간 사라졌다.

유연하고 부드러워진 이한열의 심신은 최상의 상태를 유지했다. 기연을 통해 몸과 마음의 때가 정화되면서 자연의 순수한 상태에 가까워졌다.

문학과 무학이 상생상극하며 일치한다는 점을 확인한 것은 이한열이 얻은 커다란 성과였다. 그러면서 이한열은 젊어지고, 맑고 깨끗해졌으며, 순수해졌다.

"사람은 태어나서는 고요한데 말로 말미암아 펼치나니, 인의예지신의 이치를 갖추고 희로애락의 절도를 두었으나 뜻은 마음이 가는 바이다."

이한열이 소리를 빌어 읊조리면서 깨달음을 드러냈다.

황홀했던 시간이 저물었다.

그리고 새로운 기다림을 기약하고 있는 책들이 여전히 황궁무고에 잔뜩 남아 있었다.

슥!

이한열이 다른 만남을 위해 건곤앙천록과 작별의 인사를 건넸다.

"고마웠다."

그가 건곤앙천록을 서가에 조심스러운 손길로 꽂아 넣었다.

건곤앙천록이 이한열의 손을 떠났지만, 그 내용은 고스란히 머릿속에 남았다.

팔락! 팔락!

이한열이 다른 무서를 접하면서 매끄럽게 책장을 넘겼다. 책을 읽어가는 그의 눈길이 참으로 화기애애했다.

책과 하나가 된 분위기를 자아냈다.

책에 적힌 내용에 좀 더 가까이 다가가려는 이한열의 노력이 대단했다.

광적으로 다가서는 열기가 무척이나 뜨거웠다.

책에 꽂혀 눈이 돌아간 이한열이 새로운 깨달음에 미쳤다.

기분 좋게 미친 이한열이었다.

황궁무고의 무서들을 통해 새로운 가르침을 대거 발굴한 그가 학사이자 무인으로 뚜렷하게 자리매김하는 성과를 얻어갔다.

저벅! 저벅!

엄청난 책의 향연에 흥분한 이한열이 새로운 서가를 향해 걸어갔다.

그는 시간 가는 줄 모르고 책 속에 파묻혔다.

第四章

특급 황궁보고

책들을 바라보는 이한열의 눈동자가 빛났다.

탁!

그는 마지막으로 읽었던 책을 서가에 고이 꽂아 넣었다.

책을 읽는 것은 이한열에겐 살아가는 것과 같았다.

눈빛이 영혼에서 나오는 것처럼, 학자인 이한열의 양식은 책에서 나온다.

책과 학자인 이한열이 만나는 그 순간이 바로 본인에게는 극락이었다.

그런 극락의 시간이 이제 끝났다.

그가 황궁무고에 있는 책들을 모두 읽었다.

물론 모든 책들을 정독한 건 아니었다.

피가 되고 살이 된다고 느낀 책들은 정독하면서 하나하나의 글귀를 탐닉했다. 하지만 가는 길과 다른 책들은 그저 가볍게 읽는 것으로 끝냈다.

지금까지 뇌리에 담은 내용만으로도 평생 수련해서 도달할지 의문이었다.

이한열은 그만큼 방대하고 높은 가르침들을 황궁무고에서 배웠다.

반짝!

영혼과 마음의 양식을 가득 쌓은 이한열의 눈동자가 초롱초롱 반짝였다. 밤하늘의 별처럼 빛나는 눈빛이 무척이나 심유했다.

“이제 황궁보고에 들어가 보자.”

이한열이 황궁무고와 연결되어 있는 석실을 바라보았다.

황궁보고!

특급 황궁무고에 어울리게 특급의 보물들만을 모아 놓은 공간이었다.

아직 이한열의 축제는 끝나지 않았다.

“무엇들이 나를 기다리고 있을까?”

이한열이 잔뜩 기대하면서 황궁보고를 향해 걸었다.

보물들은 그에게 낯설지 않고 익숙했다.

보물들이 있기에 지금의 이한열이 존재할 수 있었다.

천인혈골, 혈혼피, 모산천검 등은 가치를 따질 수 없는 보물이었다. 그리고 천하제일석공 도장석의 석상은 부르는 것이 값이었다.

세상을 다스리는 황실의 보물들이 모여 있는 곳이 바로 지금 이한열이 가는 황궁보고였다.

저벅! 저벅!

이한열이 황궁보고 안으로 들어섰다.

휘이이! 휘이이잉!

청량한 기운이 그의 몸을 감싸고 휘감아 돌았다.

황궁보고 입구에 구궁으로 박혀 있는 피진주들이 이한열의 몸에 달라붙어 있는 먼지들을 모두 제거했다.

"호오! 한 개의 성보다 비싸다는 피진주들이 아홉 개나 박혀 있구나."

이한열이 반짝이는 피진주들을 훑어보았다.

피진주에는 여러 가지 종류가 존재한다.

독을 막아주는 것, 먼지를 막아주는 것, 물을 막아주는 것, 불을 막아주는 것 등 수많은 종류로 분류된다.

깨알처럼 작은 피진주도 가치가 엄청나다.

그런데 지금 이한열의 면전에서 반짝거리는 피진주들은 주먹보다도 컸다.

"하나 뽑아 가면 딱 좋겠는데……."

이한열이 피진주를 보며 군침을 삼켰다.

세속적인 그에게 황궁보고는 또 다른 축제의 장이었다.

그리고 정말 다행스럽게도 주수선이 그에게 황궁보고에서 세 개의 물건을 가져갈 수 있도록 허락해 줬다.

"흐흐흐흐! 입구에서부터 엄청난 고가의 물건이 있는데, 안에서는 어떤 물건들을 골라야 할까?"

생각만 해도 즐거웠기에 이한열의 입이 쫙 벌어졌다.

만약 구경만 하고 돌아와야 한다면 얼마나 절망스러웠을지 상상도 되지 않았다.

비싼 물건들을 감상하면서 고르는 것은 이한열에게 일종의 묵상이었다.

가치를 따질 수 없는 보물들은 아름답다!

저벅! 저벅!

그런 보물들을 만나러 가는 이한열의 발걸음은 참으로 가벼웠다.

표정이 밝았다.

군자는 세속적인 걸 탐하지 않는다고 하지만 이한열은 그렇지 않았다. 그는 자신에게 세속적인 물건들을 선물하는 걸 즐겼다.

좋은 물건을 가지는 건 이한열에게 있어 자신에 대한 보상이자 자존심이었다. 가난하고 못 살면서 허름한 물건들만 걸쳤던 이한열이 좋고 비싼 옷과 물건들에 대한 욕심이 강했다.

그렇기에 타인들이 보물이라고 명명한 물건들은 이한열에게 의미가 다양했다.

물론 그렇다고 해서 보와 신분을 과시하는 용도로 보물들을 사용하지 않았다. 단순히 부와 신분을 과시하는 보물들은 쓰레기와 같았다.

개성을 드러내면서 자신과 잘 어울려야 진정한 보물이라는 것을, 가난했던 이한열은 잘 알고 있었다.

"극락이로구나."

이한열이 탄성을 내질렀다.

황궁무고와 비견되는 넓은 공간에 수많은 좌대들이 위치하고 있었다. 좌대 위에는 천장 위의 야명주 빛을 받은 다양한 색상과 형태의 물건들이 반짝거렸다.

휙!

이한열이 가장 가까운 좌대로 다가갔다.

찬란한 광채를 뿌리고 있는 황룡이 야명주 빛을 받아 밤하늘의 별처럼 영롱하게 빛났다.

사려 깊게도 하나하나의 좌대에는 물건들에 대한 설명이 정갈하고 깔끔한 글씨체로 조각되어 있었다.

"원 황실의 황후가 썼던 물건이라고! 만년온옥으로 만들어져 있어 침실에 놓아두기만 해도 따뜻한 온기가 흐르고, 오랜 시간 접하면 건강해질 수 있는 효능까지! 진정 보물이로구나."

황룡을 살펴보는 이한열의 눈에 흥미가 가득했다.

흥미로운 황룡을 마음껏 즐기던 이한열이 미련 없이 옆의 좌대로 걸음을 옮겼다. 가치를 따질 수 없는 만년온록의 황룡이지만 자신에게는 어울리지 않는 물건이었다.

무공을 익히고 있는 그는 건강 그 자체였다.

황궁보고에는 희귀한 보석들을 비롯해서 황족들과 명망 높은 사람들이 사용했던 갑옷, 무기 등이 많았다. 중원의 물건들뿐만 아니라 서역의 물건들도 상당했다. 한때 서역까지 점령했던 원 황실의 물건들이 고스란히 명 황실로 전해졌기 때문이었다.

"이것 중 몇 개만 팔아도 돈은 걱정 없겠는걸."

이한열이 중얼거렸다.

황실의 재산이 부족하다는 말은 모두 헛소리였다.

눈앞의 물건 몇 개만 밖으로 나가도 엄청난 돈을 마련할 수 있었다.

정말 위급한 순간에 황궁보고의 물건들은 군대와 전투 자금을 조달하는 데 기여한다. 실제로 황궁보고의 보물들로 돈을 빌렸다가, 권력을 잡자 다시금 되찾아온 황제가 있었다.

하지만 워낙에 은밀하게 벌어진 일이라 그런 사실이 역사에 드러나지는 않았다.

"황실보고의 보물들이 팔려나가는 건 최후의 순간이 닥쳤다는 말이기도 하지. 그렇기에 결코 쉽게 팔 수 없는 것이야."

황실에서 보석들을 마구 판다는 건 혼란스러운 시국을 인정하는 꼴이었다. 그런 사실을 백성들이 알게 되면 상황이 더욱 어지러워진다.

황실은 결코 가볍게 움직일 수 없다.

그렇기에 원 황실도 최후까지 황실보고의 물건들을 밖으로 꺼내지 않았다.

"보석들이 보기는 좋지만 나와는 인연이 없구나."

이한열에게 황궁보고의 보석들은 사치품에 지나지 않았다.

저벅! 저벅!

욕망을 자극하는 보석들을 지나친 그는 병기들이 진열되어 있는 좌대로 이동했다.

"어!"

좌대에 새겨져 있는 글자를 본 이한열이 탄성을 내질렀다.

아주 눈에 익은 네 개의 글자가 좌대에 있었다.

〈천인혈골〉

천인혈골이란 글귀 아래 장황한 설명이 보였다.

배교의 물건으로 추정되는 천인혈골은 사람의 뼈를 가지고 만들어진 물건이다. 갑골문자를 쓰던 시기에 만들어진 것으로, 사용하는 자는 각종 저주를 받는다. 저주를 이겨내면 적에게도 저주를 사용할 수 있지만 선천진기를 사용해야 한다. 저주 사용법을 알기 위해 많은 시도를 했지만, 모든 것을 알아내기에는 역부족이었다. 지극히 사악한 물건으로, 사용하는 데 상당한 주의가 필요하다. 사람의 생명을 탐하는 마병이지만 사용하기에 따라 좋은 병기가 될 수도 있다. 마지막으로 천인혈골에 대해 연구했던 내용들을 서적으로 만들어서 첨부해 둔다.

황실에서 천인혈골에 대해 파헤친 내용들이 서적으로 만들어서 첨부되어 있었다.

슥!

그가 급히 좌대 위를 살펴보자 책 한 권이 덩그러니 놓여 있는 것이 보였다.

책의 표지에는 천인혈골에 대한 탐구라고 적혀 있었다.

팔락!

이한열이 황급히 책장을 넘겼다.

"이건! 천인혈골에 대한 실험을 고스란히 담은 서책이구나."

책에 황실에서 천인혈골에 알아보고자 했던 기록들이 상세하게 적혀 있었다. 실험에 대한 글이 끝난 뒤에 탐구에 참여했던 사람들의 생각이 첨부됐다.

천인혈골에 대한 사람들의 생각은 저마다 상이했다.

도가에서 바라본 풀이가 있었고, 불교에서 바라보는 해석이 보였고, 유교의 관점에서 본 것도 존재했다. 황실고수와 주술가들의 내용도 있었다.

천인혈골은 황실에서 한때 중점적으로 파헤친 마병이었다.

천인혈골의 저주를 제대로 활용하면 직접 손을 대지 않고도 정적을 쉽게 죽일 수 있었기 때문이었다.

"흠! 중구난방이구나. 서역에 뿌리를 둔 천인혈골을 중원식으로 해석하려고 했어."

이한열이 내용들을 읽어보면서 쓴웃음을 지었다.

중원의 관점으로 해석한 천인혈골의 해석은 근본부터가 잘못이었다. 처음부터 시도가 잘못되었기에 사람들의 풀이가 엉뚱한 방향으로 나아갔다.

글자 하나만 달라도 해석이 확 달라진다.

그런데 근본부터 잘못되었으니 이는 배가 산으로 간 것과 똑같았다.

"호오! 이런 식으로 해석할 수도 있구나."

이한열은 전혀 엉뚱한 해석에서 창의적인 부분을 찾아냈다.

엉뚱한 해석이었지만 그 깊이가 남달랐다.

황실에서 명망 높은 사람들이 참여한 연구였다.

잘못된 방향에서 진입하였지만 천인혈골이라는 마병을 파헤친 연구에는 놀랍게도 성과가 있었다.

"역시 세상은 넓다. 이는 무에서 유를 창조하는 것이나 다름없다."

이한열이 감탄했다.

역시 중원은 무엇이든 흡수할 수 있을 정도로 대단했다. 서역에서 들어온 천인혈골도 중원의 사람들 앞에서 단단한 껍질을 드러낼 수밖에 없었다.

"군주 마마도 이런 것이 있으면 일찍 주시지."

책이 있었다면 천인혈골 때문에 고생하지 않았을 걸 생각한 이한열이 안타까워했다.

책 읽기를 싫어한 주수선이었기에 그저 단순히 훑어만 보았었다. 그리고 천인혈골을 이한열에게 넘긴 뒤 책에 대해서 까마득히 잊어버렸다.

책은 간접적인 스승이다.

길잡이인 책을 읽으면 어떤 길로 나아가야 할지 알 수 있다.

"아! 이런 부분도 있었구나."

이한열이 입에서 다시 한 번 탄성이 일었다.

전혀 색다른 시각으로 본 해석이 책에 저술되어 있었다.

새로운 부분을 읽고 배우면서 학자로서의 감동과 함께 깨달음의 연동을 불러일으킨다. 검은 글자에 가득 담겨 있는 묵의 향기를 이한열이 듬뿍 즐겼다.

책을 읽으면서 천인혈골에 대해 더욱더 잘 알아갔다.

동시에 천인혈골을 창의적으로 이용할 수 있는 방법들이 떠올랐다.

오래전 치렀던 실험과 해석들이 깊고 그윽한 가르침들을 선사해 줬고, 이한열이 그대로 물려받았다.

카아아! 카아!

육체 안에 잠들어 있던 천인혈골이 깨어났다.

천인혈골에 대한 이해가 늘어나면서 강렬한 압박을 느꼈기 때문이었다.

천인혈골에서 넘치도록 흘러나오는 힘이 점점 모습을 갖추어갔다.

카아아아! 카아아아!

단단한 틀 안에 갇혀 있던 천인혈골이 울부짖었다.

그전까지의 천인혈골이 본능적으로 움직였다면 이제 그 비밀을 알아차린 이한열에 의해 지능적으로 다시금 탄생하였다.

이한열은 깨지기 쉬운 섬세한 마병 천인혈골을 올올이 느꼈다.

"녀석! 산길엔 본래 비 없었지만, 푸르른 숲 기운에 옷깃을 적시듯 일어났구나."

이한열이 사납게 깨어난 천인혈골을 부드럽게 다독거렸다.

카카아아아! 카카카카카!

우우우우웅! 우우우우우웅!

음산하게 울부짖던 천인혈골에서 용음이 간간이 새어 나왔다.

천인혈골이 이한열의 영혼에 의해 영향을 받았다. 천인혈골은 그의 뜨거운 정열에 의해 단련되었으며, 차가운 이성에 의해 식혀졌다. 마치 대장간에서 병기가 탄생하듯 이한열의 영혼이 천인혈골을 순수하게 단련시켰다.

"흐음! 이제는 저주술도 사용할 수 있겠어."

이한열이 천인혈골에서 밀려드는 주술과 술법에 대해서 이해해나갔다.

책 한쪽에 적혀 있는 중원의 주술법들은 서역을 기반으로 한 배교의 주술에 대해 쉽게 이해할 수 있도록 해 주었다.

중원의 주술과 천인혈골의 주술과 술법을 개별로 떨어뜨려 놓는다면 쉽게 이해를 하기가 힘들었다. 하지만 다행스럽게도 이한열은 두 가지 모두를 나름 정독할 수 있었다.

이한열의 의식이 밀물처럼 밀려드는 정보에 점점 부풀어 올랐다. 범람하는 다양한 내용에 영혼이 미묘하게 변화하며 꿈틀거렸다.

마병에 속한 천인혈골 특유의 저주력이 이한열에게 영향을 끼쳤다.

카아아아! 카아아아!

또 다른 마병 혈혼피가 깨어나면서 울부짖었다.

"야! 넌 아직 나올 때가 아니야. 들어가 있어."

이한열이 새롭게 깨어나려는 혈혼피를 강제적으로 억눌렀다.

우우웅! 우우우웅!

천인혈골이 용음을 흘리면서 혈혼피에 강력한 기운을 뿜어냈다.

카아아! 카아아아아아!

뇌에 해당하는 천인혈골로부터 강력한 의사를 전달받은 혈혼피의 울부짖음이 점점 잦아들었다.

"이렇게 사용하는 것이었군."

의식적으로 천인혈골을 조종하여 혈혼피를 다스린 이한열이 중얼거렸다.

그는 내부에서 일어난 변화를 섬세하게 파악했다.

구속되지 않고 이상화된 마음의 경치인 의경을 창조해내야 비로소 마병들을 다스릴 수 있었다. 의경은 내적인 신기정과 천인혈골의 융합이 있어야지만 피어날 수 있는 경지였다.

우우우웅! 우우우웅!

카아아아아! 카아아아아!

이한열의 등 뒤로 밝은 후광과 시커먼 어둠이 함께 피어났다. 그것은 천인혈골의 순수한 어둠의 기운과 이한열의 영혼에 의해 영향을 받은 밝은 기운의 총채였다.

장구한 세월 소유주 없이 보내온 천인혈골에 진정한 주인이 생겨났다.

"아아! 알았으니까 이제 조용히 좀 해. 책 읽어야 한다고."

이한열이 혼잣말로 중얼거렸다.

모르는 사람이 본다면 미친놈이라고 착각할 수도 있는 문제였다.

홀로 있는 공간에서 사람과 대화하는 것처럼 떠들고 있었기 때문이었다.

하지만 실제로 이한열은 몸속의 영성을 지닌 천인혈골과 대화를 나눴다.

스르르! 스르르!

시끄럽게 날뛰던 천인혈골이 소리를 줄였다.

영혼의 주인인 이한열에 의해 새롭게 깨어난 천인혈골이

거부할 수는 없는 노릇이었다.

"한결 편안하네."

이한열이 다시금 책에 시선을 뒀다.

책의 글귀들을 하나도 빠짐없이 모두 머릿속에 각인시켰다. 토씨 하나 틀리지 않게 모든 글을 통째로 외워 버렸다.

"천인혈골을 이용해서 저주를 푸는 법이라 이거지! 확인해 봐야겠다."

이한열이 열기에 가득 젖은 눈빛으로 하반신의 한구석을 애처롭게 바라보았다.

한때 뜨겁게 노닐던 물건이 타의에 의해 오랜 시간 봉인되어 있었다. 그렇기에 뻔질나게 드나들던 기루도 더 이상 발걸음 하지 않았다.

주수선이 천인혈골로 걸어 놓은 저주 때문에 아름다운 여인을 벗겨놓아도 물건이 서지 않았다.

고자 아닌 고자가 된 것이었다.

파멸에 몰린 건 아니지만 물건을 사용하지 못한 아픔은 무척 컸다. 지극한 즐거움을 누릴 수 있는 물건이 죽어버리자 마치 인생이 망가진 아픔을 느꼈다.

사타구니의 물건은 제 이의 이한열이었다.

의형인 천태웅은 왜 이한열에게 기루에 가지 않느냐고 묻고는 했다. 하루아침에 기루를 딱 끊은 이한열의 모습을 납득할 수 없었기 때문이었다.

당시 이한열은 제대로 대답하지 못하고 그냥 씨익 웃고 말았다.

"일어나라."

이한열이 뜨겁게 소리쳤다.

스르륵! 스르륵!

매화꽃 잎이 바람에 흔들리듯 하의가 가볍게 흔들렸다.

뜨겁게 일어나는 물건에 의해서 하의가 점점 부풀어 올랐다.

봉인되어 있던 물건이 아름답게 봉기를 일으켰다.

언제라도 사용해달라는 듯, 뜨거운 기운을 뿜어내는 물건의 위용에 이한열의 눈빛이 정열적으로 일렁였다.

봉사가 눈을 뜬 것처럼, 이한열은 이제 천태웅과 다시 기루를 마음껏 돌아다닐 수 있게 됐다.

"우짖는 비둘기와 제비 새끼 막 잠에서 깨어나고, 흰 물결 너머 우뚝 솟은 산의 모습이 참으로 아름답구나."

이한열의 입에서 시가 절로 흘러나왔다.

흰 하의를 꿰뚫을 듯 우뚝 솟은 산의 모습이 무척이나 웅장하고 멋있었다. 이한열은 그것을 한 번 잃어보았기에, 웅장한 산의 아름다움을 뼈저리게 느꼈다.

활짝 편 표정의 이한열이 부드럽게 흔들리고 있는 하의를 보면서 살짝 움직였다. 춤추듯 움직이던 하의가 마치 여인을 희롱하듯 꿈틀거렸다.

"하하하하! 오랜 시간 사용하지 못해 거미줄 친 너에게 조만간 아름다운 여인을 선물해 주마."

이한열이 농후한 문인 기질을 세속적으로 잘 드러냈다. 이런 이유에는 천인혈골과 혈혼피를 받아들이면서 보다 본능에 충실해졌기 때문이었다.

마병은 이성이 아는 본능에 극한적으로 치우친다.

이런 사실을 알면서도 이한열이 욕망이라는 본능에 심신을 푹 담갔다. 본능을 제한하지 않고 상통하면서 심신을 더욱 위로 끌어올렸다.

그는 심산협곡에서 수련하는 사람이 아니라, 사람들이 득시글거리는 시중에서 활보하는 욕망의 남자였다.

"잠깐만! 죽일 수 있다면 더 키울 수도 있잖아!"

이한열이 새로운 깨달음을 얻었다.

물건을 죽이는 것만이 저주가 아니었다.

물건을 키우는 것도 저주의 하나였다.

역발상을 한 이한열은 놀라움을 감추지 못했다.

"해 보자."

이한열이 마음을 먹는 순간 흰 바지가 불쑥 위로 치솟아 올랐다. 평소 결코 커질 수 없는 높이까지 바지가 튀어나왔다.

정말로 바지를 찢을 것처럼 물건이 커졌다.

"장난 아닌데……."

이한열이 야릇한 웃음을 지었다.

물건의 크기는 남자라는 생물에게 원초적인 자신감을 불어넣어 준다. 남자들은 은근히 다른 사람들과 비교하면서 자신의 물건을 자랑한다.

"크크크! 나도 노애가 될 수 있겠어."

이한열이 음침하게 웃었다.

물건으로 수레바퀴를 빙빙 돌렸다는 전국시대의 노애 이름은 전설처럼 남아 있다. 노애는 별 볼 일 없는 남자였지만 물건 하나로 세상에 큰 발자취를 남겼다.

노애는 본명보다 노대라고 불렸다.

역사에도 노애보다 거시기가 엄청나게 큰 의미의 노대라는 이름으로 더욱 자주 등장했다.

이한열은 세상을 뒤흔들 천인혈골을 새롭게 깨워냈지만 정작 물건에 가장 큰 관심을 기울였다. 욕망으로 똘똘 뭉쳤기에 분신의 사용에 민감했다.

이한열이 천인혈골의 저주를 어떻게 사용할지 사색에 잠겼다.

자칭 풍류남아인 이한열은 강렬하게 영혼을 흔드는 기쁨

에 겨워 잔뜩 날뛰었다. 주체할 수 없는 기쁨에 당장에라도 기루로 달려갈 기세였다.

확실히 이한열은 비범한 재능을 타고난 학자였다.

본능을 순수하게 인정하면서도 자연스럽게 배움의 자세로 깊게 침잠해 들어갔다.

천인혈골의 저주법 사용에 대한 호기심으로 바짝 고양된 이한열의 사색에는 고결함이 흘렀다. 주술과 술법의 세계는 많은 공부를 한 이한열에게도 미지의 세계였다. 이한열이 한 번도 걸어보지 못한 길을 걸어가면서 무한히 넓은 세상의 크기에 놀랐다.

미지의 세계를 탐험하는 시간은 무척이나 길었다.

내면의 시간은 길었지만, 실제 흐른 시간은 그저 차 한 잔 마실 시간이었다.

스륵!

이한열이 침잠되어 있던 내면에서 깨어났다.

신비와 매력적인 주술의 세계에서 빠져나온 이한열의 눈빛이 깊은 바다처럼 일렁였다.

"제게 이런 기연을 주셔서 감사합니다."

이한열은 천지만물에 감사하는 마음을 가졌다.

영리하고 재치 있는 그는 주술을 어떻게 사용하면 좋을지 많은 방법을 강구해냈다. 개인적으로 좋은 방법이 있었고, 타인을 대상으로 한 좋은 방법도 있었다.

주술은 이한열에게 날개를 달아줄 수 있는 최고의 수단이었다.

스르륵!

천장 한쪽에서 두 개의 눈이 슬며시 나타났다.

'배교의 마병을 거시기에 사용하면서 좋아하다니, 웃긴 녀석이군!'

소창문이 이한열을 보면서 호기심을 드러냈다.

평소 황제 곁에서 호위하던 그가 황궁보고에 나타났다.

황궁보고의 물건들을 기본적으로 황제를 위한 것들이었다. 그런 물건들이 함부로 다뤄지지 않도록 보호하는 것도 소창문의 책임이었다.

'세 개 이상을 탐했다가는 목숨이 사라질 것이다.'

일순간 소창문이 서늘한 기운을 뿌렸다.

"응?"

격동하던 이한열은 순간 머리카락이 쭈뼛거리는 기척을 느꼈다. 이상한 기운을 뿌리는 곳을 향해 고개를 돌렸다.

아무것도 없어야 할 천장에 두 개의 눈이 둥둥 떠 있었다.

"헉!"

이한열이 기겁했다.

"음!"

은밀하게 지켜보면서 이한열의 동태를 살피려고 했던 소창문은 아차 했다. 설마 이처럼 이한열의 이목이 발달했을 줄을 상상도 하지 못했다.

'외문무공을 익힌 고수라고 하더니, 이목이 내가고수보다 더욱 밝지 않은가! 눈여겨봐야 할 녀석이군.'

소창문이 이한열의 등급을 더욱 격상시켰다.

스르륵!

탁!

이왕 들킨 것, 소창문이 허공에서 깃털처럼 가볍게 바닥으로 내려섰다.

"휴우! 귀신인줄 알았습니다."

"소창문이다."

"이한열이 수호각의 지태상을 뵙습니다."

이한열이 즉각 허리를 숙였다.

그는 황자지란에서 모습을 드러낸 적이 있던 지태상 소창문에 대해 자세하게 알고 있었다. 손속에 자비가 없는 소창문에게 밉보였다가는 곧바로 저승으로 떠나간다.

"천인혈골이 너에게 있구나."

"예."

"황궁보고의 물건이 왜 너에게 있지?"

소창문의 음성이 싸늘했다.

그는 허락받지 않고 천인혈골을 가지고 있다면 곧바로 손을 쓸 기색이었다. 이한열의 몸속에 있는 천인혈골을 뽑아내어 다시금 좌대에 올려놓고도 남았다.

"주수선 군주 마마께서 하사하셨습니다."

이한열이 재빨리 대답하였다.

"군주 마마께서 하사하셨다면 어쩔 수 없는 노릇이지."

소창문이 말로는 괜찮다고 했지만 언짢은 기색을 대놓고 드러냈다. 황궁보고의 물건들 가운데 혈혼피까지 이한열의 몸에 있다는 사실을 알아차렸기 때문이었다.

그리고 황궁보고에서 추가적으로 세 개의 보물들까지 또 반출된다.

이한혈 한 명에게 모두 다섯 개의 보물들이 모여든다.

지금까지 이런 혜택을 받은 사람은 아무도 없었다.

심지어 수호각의 지태상인 소창문마저 황궁보고의 물건을 세 개 가지고 있을 뿐이었다.

"……."

이한열은 십년감수했다.

그러나 불쾌한 표정의 소창문을 보면서 여전히 조마조마한 심정이었다.

"네가 가지고 있는 물건들은 차후에 다시금 황궁보고로 돌아와야 한다. 천인혈골의 원래 주인이 황제 폐하란 사실을 잊지 마라."

"물론입니다. 저는 단지 황제 폐하의 성은을 입어 잠시 빌려 쓰는 자에 불과합니다."

이한열은 입에 꿀을 바른 것처럼 소창문이 원하는 대답을 고분고분 내놓았다.

만약 거절한다는 말을 내뱉었다가는 소창문의 벽력천고가 울리리라!

이한열은 벼락에 맞아 새까맣게 탄 숯덩어리가 될 생각은 눈곱만치도 없었다.

'뭐가 그리 불만이냐? 나도 구겨진 네 얼굴을 보기 싫다.'

이한열은 자신을 싫다는 사람과 똑같은 심정이었다.

하지만 그런 감정을 겉으로 실오라기 하나 드러내지 않았다.

그가 상관 앞에서 간과 쓸개를 모두 내려놓았다.

상명하복이 엄격한 관직 세계에서 고개가 빳빳했다가는 곧바로 목이 날아갈 것이다.

이한열이 진심으로 그저 상관의 말이 옳다는 표정을 지었다.

"흥! 입에 기름칠을 했구나."

소창문의 눈빛이 여전히 서늘했다.

비수처럼 번뜩이는 정광이 이한열의 내면을 속속들이 파헤칠 것만 같았다.

비리가 많고 숨겨야 하는 것들이 많은 이한열은 소창문이 불편했다. 하지만 최대한 편안한 표정을 지으면서 여유롭게 소창문을 상대하였다.

이제 얼굴에 철판은 까는 건 아주 기본적인 일이 됐다.

"불쾌하게 느껴지셨다면 죄송합니다."

이한열이 고개를 조아렸다.

"오른손을 내밀어 보아라. 마병을 몸에 지닌 너를 살펴봐야겠다."

소창문이 요구했다.

맥문을 잡아서 몸의 상태를 살핀다는 이야기였다.

마병은 소유주의 심신을 잡아먹는 마물이었다.

그렇기에 병기 앞에 마가 붙는다.

마병을 소지하고 있는 자들은 언제 어디서 미칠 줄 모른다. 미쳐버리면 생명이 다할 때까지 역발산의 기세를 드러내면서 천지를 휩쓸어 버린다.

황궁에서 이한열이 마병에게 잡아먹히기라도 한다면 커다란 참사가 벌어질 수 있었다.

하지만 그건 가능성일 뿐이었다.

무공을 익힌 사람에게 타인이 순순히 맥문을 잡히라고 하는 건, 강호에서 싸다구를 수십 번 맞을 일이었다.

맥문은 무인에게 있어 생명이나 마찬가지였다.

맥문을 상대에게 잡히면 어떠한 반항도 할 수 없게 된다.

"지태상께서 저를 살펴 주시겠다니 영광입니다."

슥!

이한열이 거침없이 오른손을 내밀었다.

수호각의 초고수인 소창문이 알아서 몸의 상태를 점검해 주겠다고 나섰다. 그렇기에 이한열이 손해를 볼 부분은 없었다.

무인이라면 결코 받아들일 수 없는 소창문의 요구였으나 이한열은 근본적으로 학자였다.

"쯧!"

거부했을 경우 호되게 경일 칠 생각이었던 소창문이 혀를 찼다.

슥!

소창문의 손이 이한열의 맥문을 강하게 움켜잡았다.

그는 미꾸라지처럼 매끄럽게 빠져나가는 이한열을 혼내기 위해 필요 이상의 힘을 썼다.

"큭!"

순간적으로 몸의 기운을 제어당한 이한열이 신음을 내뱉었다. 하지만 그럼에도 불구하고 꼿꼿하게 서 있었고, 두 눈의 정광도 잃지 않았다.

'마음먹는다면 손을 뿌리칠 수도 있겠는걸.'

이한열은 외문무공을 익혔기에 인체의 진기가 제어 당했음에도 불구하고 여전히 힘을 발휘하는 것이 가능했다.

'외문무공을 탄탄히 익혔구나. 학자인 줄 알았는데 뼈가 통짜야. 이런 수준까지 외문무공을 익힌 자를 본 적이 없어.'

소창문이 오판했음을 인정했다.

그는 이한열이 요사스럽게 혀를 놀려 주수선에게 호감을 샀다고 생각했다. 하지만 맥문을 잡은 순간 이한열이 그 누구보다 노력했음을 알 수 있었다.

하지만 아직 이한열에 대한 그의 탐사는 끝나지 않았다.

스르륵!

소창문이 이한열의 맥문을 통해 진기를 불어넣었다.

강렬하면서 뜨거운 소창문의 진기가 이한열의 임맥과 독맥을 타고 전신으로 흘러들어 갔다. 인체의 곳곳을 샅샅이 훑으면서 수상한 곳이 있는지 두루두루 살폈다.

'혈도와 혈관이 넓고 튼튼하다. 마기가 존재하고 있지만 마음을 좀먹을 정도는 아니야. 이는 밝고 건강한 영혼을 가지고 있음이다.'

은은한 신광을 뿌려대고 있는 소창문이 진기를 통해 이한열의 심신상태를 알아냈다.

슥!

소창문이 붙잡고 있던 맥문을 놓아줬다.

"마병에게 잠식당하지 않았구나."

“운이 좋았습니다.”

이한열이 담담히 말했다.

“너에게 선도의 연이 닿아 있다. 누구에게 배웠느냐?”

소창문이 물었다.

이한열의 몸속에 그조차 가늠할 수 없는 신비로운 기운이 피어나고 있었다. 하마터면 알아볼 수 없었던 기운이었다.

“천하제일석공 도장석 님에게 양의심공을 사사받았습니다.”

이한열이 순순히 토해 냈다.

삼엄한 눈초리의 소창문 앞에서 괜히 비밀로 남겼다가 불필요한 고통을 겪어야 했다.

“음! 강호에서 발자취를 감춘 그에게 사사를 받았다고? 기연을 얻었군. 그는 어디에 있는가?”

“그건 저도 모릅니다. 저는 단지 조각상을 감상하다가 시공을 초월하여 도장석 님을 만났을 뿐입니다.”

“그의 선술이 대단한 경지에 이르렀군. 시공을 초월하다니 이제는 감히 한 수 겨루자고 말할 수도 없겠어.”

소창문이 중얼거렸다.

그는 황궁에 조각을 하러 온 도장석과 딱 한 번 만나 본 적이 있었다. 조각하는 도장석에게 한 수 가르침을 받기까지 했다.

"양의심공을 수련하고 있기에 마병들로부터 자유로워질 수 있었어."

"아직 부족합니다."

"양의심공을 제대로 수련하면 큰 성과를 얻은 것이다."

이한열을 바라보는 소창문의 눈빛이 따뜻해졌다.

도장석과 인연을 맺은 이한열이었기에 불쾌하게 생각했던 마음이 눈 녹듯이 사라졌다. 무공에 재능과 열정을 불태우는 데다가 도장석고의 인연으로 마치 사형제처럼 친숙하게 느껴졌다.

"알겠습니다."

사람의 감정에 대해 잘 알게 된 이한열이 본능적으로 소창문의 따뜻한 마음을 간파했다. 생각지도 않게 수호각의 지태상인 소창문과 두터운 인연을 맺었다.

"황궁보고에서 훌륭한 보물들과 좋은 인연을 맺기 바라네. 잘 모르겠으면 나에게 물어보고."

소창문이 부드럽게 이야기했다.

"귀찮다고 하실 정도까지 물어보겠습니다."

"하하하하! 좋은 생각이야."

탁! 탁!

소창문이 이한열의 어깨를 두드리면서 좋아했다.

"황제 폐하 호위를 하러 갈 시간이라 다음에 이야기를 나눠

야겠군. 너무 빨리 선택하지 말고 내가 올 때까지 기다리게."

"그리하겠습니다. 천천히 구경하면서 지태상 님을 기다리겠습니다."

이한열이 공손하게 지시에 따랐다.

"갔다 오겠네."

소창문이 말과 동시에 스르륵 자취를 감췄다.

바로 눈앞에서 그대로 사라져 가는 소창문의 모습에 이한열이 눈을 동그랗게 치켜떴다. 약간 공간이 일렁이고 있을 뿐 다른 변화는 일절 없었다.

'무시무시한 은신술이구나. 이런 은신술이라면 쥐도 새도 모르게 당할 수 있겠어.'

이한열이 몸을 부르르 떨었다.

만약 소창문이 나쁜 마음을 먹고 은밀하게 접근한다면 이한열이고 해도 무사할 수 없었다.

'세상은 넓고 무공은 많구나. 고강한 무인을 상대하려면 몸을 단단하게 하는 동시에 더욱 열심히 무공을 익혀야겠어.'

이한열의 눈이 뜨겁게 불타올랐다.

새롭게 배우고 도전할 수 있다는 사실이 그를 더욱 고취시켰다.

第五章
학당 개설

"문화전대학사님!"

천대복이 이한열을 보고 반갑게 외쳤다.

"문화전대학사님이 오셨다. 얼른 인사들 올려라."

"문화전대학사님을 뵙습니다."

"문화전대학사님을 뵈어요."

주자소에서 일하던 사람들이 일제히 허리를 숙였다.

그들 가운데에는 이한열을 본 사람도 있었고, 새로 들어온 기술자들도 있었다.

"모두 허리를 펴세요."

이한열이 부드럽게 이야기했다.

출근하자마자 가장 먼저 주자소로 온 이한열이었다.

문화전대학사로 영전한 이한열은 이제 관리들의 무덤이라는 주자소에 직접 올 일이 사실상 없었다. 높은 신분의 이한열을 주자소의 기술자들이 직접 보게 될 가능성은 극히 희박했다.

황실에서 근무하는 관리들도 눈코 뜰 새 없이 바쁜 이한열을 만나기 위해서 약속을 잡아야만 했다.

"주자소에는 어쩐 일이십니까?"

"내가 못 올 곳을 왔나?"

"아이고! 제가 말을 잘못 올렸습니다."

천대복이 황급히 자신의 잘못을 빌었다.

"하하하! 농담으로 한 말에 이렇게 나오면 어떻게 하나? 자네들이 보고 싶어서 온 것이네. 이곳이 바로 내가 처음으로 근무하던 곳이고, 자네들의 도움이 컸으니까 말이네."

"천부당만부당한 말씀입니다."

천대복이 고개를 더욱 조아렸다.

이한열은 어렵고 힘들게 보내던 주자소에 오니 감회가 새로웠다. 주자소에서의 시간을 버틸 수 있었던 것에는 주변 사람들의 도움도 컸다.

이한열은 그 도움을 잊지 않았다.

높은 신분이 되었기에 찾아보면 주자소를 지원할 방법이

많았다. 그게 아니라도 일거리를 많이 몰아주고, 녹봉을 올려 줄 수도 있었다. 지시만 내리면 되는 일로 이한열에게는 어렵지 않았다.

그럼에도 불구하고 직접 주사소로 찾아온 것은 반가운 얼굴들을 보기를 원했기 때문이다. 물론 그 이면에는 다른 뜻도 숨어 있었지만…….

"봐라! 이한열 대학사님은 우리를 잊을 분이 아니라고 했잖아."

"헐! 높은 곳에 올라 천한 기술자들 따위는 쳐다보지도 않을 줄 알았어."

"고귀한 정신을 가진 대학사님이 너 따위의 생각과 같은 줄 알아?"

"웃기는 소리! 술자리에서 너도 동의했었잖아."

주변에서 떠드는 작은 소리가 이한열의 귓가에 들려왔다.

무위가 올라가면서 백장 밖에서 떠드는 소리까지 들을 수 있게 된 이한열이었다. 바로 지근거리에서 작게 소곤거리는 소리를 듣는 건 우습지도 않았다.

"내가 이번에 남산서원을 인수하게 됐네."

이한열이 웃으면서 이야기했다.

"축하드립니다."

"감축드립니다요."

"이제는 유서 깊은 남산서원의 원주님이 되셨군요. 대단하십니다."

사람들이 앞다퉈 축하인사를 건넸다.

학사들의 꿈 가운데 하나가 바로 서원을 소유하는 것이었다. 자신만의 서원에서 후학들을 가르치면서 공부하며 세월을 보내는 건 학사들에게 있어 참으로 즐거운 나날이다.

"축하인사를 듣기 위해서 온 것이 아니라네."

"무슨 시키실 일이라도 있으십니까? 지시만 내려주십시오."

"하하하! 지시이기는 하지."

이한열이 호쾌한 맑은 웃음을 터트렸다.

정말로 마음이 즐거워서 웃은 웃음소리였다.

"무슨 지시인지요?"

"자식들 교육시키려면 힘들지?"

"네?"

뜬금없는 이한열의 말에 천대복이 눈이 커졌다.

"교육열 높고, 학원비 비싼 북경에서 자식들 때문에 돈이 많이 들어가잖나!"

"그렇기는 합지요."

천대복이 고개를 끄덕거렸다.

기술자들은 교육비 때문에 녹봉의 상당 부분을 지출했다.

자신들을 못 먹고 못 쓰더라도 자식들의 미래를 위해 엄청나게 돈을 퍼부었다. 하지만 그렇다고 해도 만족스럽게 교육을 시키지는 못했다.

자금성에서 일하는 기술자들의 녹봉이라고 해도 박봉이었기 때문이었다.

"무료로 수업을 받을 수 있게 해 줄 테니, 자식들을 남산서원으로 보내게."

이한열이 말했다.

그는 거금을 들여 인수한 남산서원을 그냥 그대로 방치할 생각이 없었다. 가까운 사람들의 자식들을 데려다가 공부시킬 생각이었다.

그래서 남산서원에 명망 높은 새로운 학사들을 초빙하고 있었고, 새로운 학당도 여럿 개설했다. 학당들 가운데 하나는 이한열이 직접 시간을 내어 가르칠 생각이었다.

학당 개설에 대한 소문이 돌았는지 이한열을 찾는 사람들이 많았다. 생판 모르는 사람들이 이한열을 만나기 위해 문화전까지 찾아오기도 했다. 많은 사람들이 학당과 관련하여 문화전을 들락거렸다.

그런 사람들 가운데에는 관리들이 가장 많았다.

아무래도 자금성이란 특이한 위치 때문에 문화전에 올 수 있는 사람은 한정됐다.

관리들을 많이 만나는 건 이한열이 의도한 바였다.

이른바 자식들을 볼모로 한 이한열의 인맥 쌓기였다.

그러면서 겸사겸사 주변 사람들의 자식들을 챙기는 자상함까지 선보였다.

'위로 올라가서 오래 버티기 위해서는 아래층이 탄탄해야 한다.'

이한열의 아랫사람 챙기기에는 자상함보다 개인적인 욕심이 바탕이었다.

남산서원에서 새로운 학당을 개설하면서 일을 크게 벌이는 건, 인망과 함께 앞으로의 생활까지 탄탄하게 다지는 원대한 과정이었다.

"헉! 정말로 감사드립니다."

"이처럼 저희들을 챙겨 주시다니 감사할 따름입니다."

"훌쩍! 자식을 제대로 가르치지 못해서 가슴이 찢어졌는데, 이제 죽어도 여한이 없습니다."

기술자들 가운데 몇몇 사람이 눈물을 흘리면 감격에 젖어 있었다. 심지어 땅바닥에 털썩 무릎을 꿇고 절까지 올리는 사람도 보였다.

일반 사람들은 상상할 수도 없는 대단한 일을 이한열이 하겠다고 말하고 있었다.

자식을 가진 사람들은 엄청난 금전적 이익과 자식들 교육에 있어 커다란 혜택을 받는 것이었다.

“흐윽! 흑! 정말로 대단하신 분이야.”

“이한열 님을 위해서는 죽을 수도 있어.”

엄청난 감동을 받은 사람들의 말소리 중간중간, 울음이 섞여 있었다.

그런데 모든 사람들이 만족스러운 표정은 아니었다.

자식들을 가지고 있지 않은 사람들과 공부를 하는 아이들이 없는 기술자들의 표정이 딱딱하게 굳어 있었다. 상대적으로 엄청난 피해를 입은 탓이었다.

슥!

표정이 좋지 않은 사람들을 이한열이 둘러봤다.

“동료가 좋아하면 함께 즐거워하지 않고 무엇들 하는가? 이 모두가 우리 모두를 위한 문화전대학사님의 은혜이다.”

이한열의 눈치를 살피던 천대복이 일갈을 터트렸다.

“하하하! 사람이란 모두가 다른 것이니 너무 그러지 말게.”

이한열이 천대복을 말렸다.

“죄송합니다. 저희가 워낙 배운 바가 없는 놈들이다 보니 문화전대학사님의 은혜를 미처 모르고 저 따위 망종을 저질렀습니다.”

“죽을죄를 지었습니다.”

“잘못했습니다요.”

사람들이 이한열에게 빌었다.

진심으로 뉘우치는 사람도 있었지만, 아직도 상당수가 불만을 가졌다. 그만큼 이한열의 말이 엄청난 파급력과 혜택을 가지고 있었기 때문이었다. 눈앞에서 거대한 혜택이 사라진다고 생각하니 배가 아플 수밖에 없었다.

"학업 하는 자식이 없다고 해서 안타까워하지 말게. 대산 남산서원에 들어올 수 있는 추천권을 줄 테니까."

"추천권이 뭡니까?"

"남산서원에서 무료로 수업을 들을 수 있는 권리라고 생각하면 돼."

"그렇군요."

천대복이 액면 그대로 이해했다.

그는 추천권을 대수롭지 않게 생각했다.

학업하는 자식이 없는 사람들에게 추천권이 무슨 소용이 있겠는가?

대부분 사람들이 그렇게 생각하였다.

무지한 사람들을 위해 이한열이 다시금 입을 열었다.

"남산서원에서 수업을 들을 수 있는 자리는 한정되어 있네. 모두가 들을 수는 없는 것이야. 그리고 내 입으로 말하기가 조금 그렇지만 남산서원의 학사들은 어디에 내놓아도 빠지지 않는 사람들일세. 그들에게 수업을 들으려면 얼마나 돈을 내야 하겠는가?"

"아!"

천대복이 탄성을 터트렸다.

그는 추천권이 엄청난 금전적 가치가 있음을 깨달았다. 이한열을 대신해서 돈을 받고 있는 그는 상업적인 부분에 대해 눈을 떴다.

받은 추천권을 시중에서 집처럼 사고 팔 수 있었다.

하지만 천대복을 제외한 다른 사람들은 아직도 그런 것에 대해서 깨닫지 못했다.

"추천권을 직접 팔 수도 있겠군요."

"그렇지."

"몹시 비싸게 팔리겠습니다."

"시간이 지나면 더욱 가격이 올라가겠지."

이한열이 스스로 자신의 얼굴에 금칠을 하는 것이지만 결코 부끄러워하지 않았다. 남산서원의 가치를 높이고, 직접 가르치는 학당의 가치를 하늘 끝까지 높일 작정이었다.

"내 수업을 들을 수 있는 자들은 더욱 적겠지. 자네들의 추천권에는 그런 권리까지 일부 포함되어 있다네. 아마 어지간한 집 한 채 가격은 나올 거야."

이한열은 자신의 수업을 들을 수 있는 학생들을 한정시킬 생각이었다.

추천권을 받은 학생들은 일차로 이한열에 의해서 선택을 받아야만 했다.

하지만 그것만 해도 대단한 것이었다.

애당초 이한열의 눈에 띄지도 못할 학생들이 엄청났기 때문이었다.

북경에서 교육비는 어마어마하다.

치맛바람을 불러일으키며 좋은 스승을 찾기 위한 어머니들의 노력은 엄청나다. 그들은 자식들을 잘 교육시킬 수 있다면 돈을 싸들고 찾아 나선다.

북경에서 제대로 된 자식 교육에 들어가는 돈은 집 한 채를 훌쩍 넘어선다. 자식 교육에 집안 기둥뿌리가 뽑혀 나가기도 한다.

집안의 재산을 축내가면서도 자식 교육에 있어서 부모님들은 물불 가리지 않는다.

두근! 두근!

천대복의 심장이 요란하게 뛰었다.

'지금까지 내가 일하며 번 돈보다 추천권이 훨씬 비쌀 수도 있어.'

단숨에 일확천금을 거머쥘 수도 있다는 생각에 심장의 두근거림이 잦아들지 않았다.

그는 이한열을 상관으로 모시면서 친분을 맺었다는 사실

이 너무나도 감사했다.

"하늘보다 높은 은혜를 어떻게 다 갚아야 할지 모르겠습니다. 감사합니다."

털썩!

천대복이 무릎을 꿇었다.

그동안 돈 때문에 수많은 우여곡절을 보낸 설움이 지금 순간 눈 녹듯이 사라져 갔다. 추천권 하나로 인해 이제 그는 돈 없는 서러움에서 벗어날 수 있었다.

털썩!

불만스러운 표정을 짓고 있던 사람이 무릎을 꿇고 머리로 땅을 찍었다.

쿵!

머리를 박은 사람이 고해성사를 했다.

"미련한 제가 잘못했습니다요. 대학사님께서 알아서 챙겨 주시는데도 제가 감히 불만을 품는 불경을 저질렀습니다요. 죽여주십시오."

"잘못했습니다."

털썩! 털썩!

혜택을 받지 못해 이한열을 못마땅하게 여기던 사람들이 일제히 무릎을 꿇었다.

그리고 자식들의 혜택을 받은 사람들도 덩달아서 두 무릎을 접었다.

사람들은 참 이상했다.

자신들을 챙겨주는 것보다 자식을 위해 준다는 것에 더욱 큰 감명을 받는다. 자식들에게 배움의 길을 열어준다는 사실에 알아서 고개를 조아렸다.

주자소에서 일하는 기술자들 전부가 감사한 마음으로 땅바닥에 무릎 꿇고 고개를 조아렸다.

"그만들 일어나게. 이런 인사를 받기 위함이 아니야."

이한열이 묘한 표정을 지으며 웃었다.

이한열의 말에도 불구하고 사람들이 땅바닥에서 일어나지 않았다.

"허허허! 참! 사람들도……."

애당초 이한열이 연출한 대로 사람들이 무릎을 꿇고 감사해 하는 풍경이었다.

알아서 자상하게 챙겨 주는 상관에게 감명받아 무릎을 꿇는 것은 당연한 일이다. 이는 치욕을 받아서 강제로 꿇는 무릎과는 천양지차였다.

'이 사람들은 나를 위해 무슨 일이든 할 것이다.'

사심을 잔뜩 가진 이한열이 주자소의 사람들에게 엄청난 혜택을 베풀었다.

'사소한 것을 주고 마음을 얻었으니, 이는 참으로 큰 이득

이다.'

못 배우고 가난한 주자소 사람들에게는 엄청난 혜택도, 이한열의 입장에서는 사소한 것에 불과했다. 그저 남산서원에서 배울 수 있는 자리 하나를 내줬을 뿐이다.

그런데 뒷돈을 받아 나눠 줬을 때보다 사람들이 더 좋아하고 있었다.

'때때로 이런 일을 해야겠어. 사람들이 좋아하는 모습을 보니 즐거워.'

이한열은 웃으면서 주자소의 사람들을 만날 수 있다는 사실이 너무 좋았다. 그래서 앞으로도 계속 사람들이 좋아할 일을 하겠다고 마음먹었다.

'인맥은 돈으로 따질 수 없는 커다란 재산이야.'

적을 만들지 않고 사람들과 사이를 돈독하게 유지하는 건 관리로 오래 살아남으려면 꼭 해야 하는 일이었다. 아랫사람에게라도 미운털이 박히면 좋을 게 하나도 없었다.

'미운털이 박히면 아랫사람들이 알아서 변호해 줄 것이다. 아니면 나에게 와서 불평하는 사람들에 대해서 알려 준다. 이들은 나의 방패나 마찬가지이다.'

자금성에서 홀로 성공한다는 건 있을 수 없다.

이한열이 문화전대학사로 임명되면서 아랫사람들의 지지와 인맥의 소중함을 다시 한 번 절실하게 깨달았다. 서창의

느닷없는 공격으로 인해 곤경에 빠지기도 했었다.

"이처럼 뜻깊게 나를 대해 주니, 자식들 교육에 더욱 힘을 쏟아 부어야겠군. 이런 대접을 받고 잘못하면 내가 욕을 먹게 생겼어."

이한열이 담담하게 말하면서 사람들의 호응을 더욱 이끌어냈다.

"아이쿠!"

"그런 뜻이 아닙니다요."

"너무 많은 걸 받아서 몸 둘 바를 모르겠습니다."

사람들이 앞다퉈 입을 열었다.

"계속 안 일어나면 수업 환경을 최선으로 하고, 최고로 좋은 강사를 두어야 하며, 서원에서 하는 식사도 최상의 요리사가 만들어야 한다는 뜻이라고 알겠어."

이한열이 짐짓 엄포를 놓았다.

"일어나세."

"얼른 일어나."

"알았어."

사람들이 땅바닥에서 일어섰다.

흙으로 범벅이 되었지만 그들의 입가에는 환한 웃음이 피어나 있었다.

"자네들이 늦었으니 방금 말한 것처럼 해야겠어."

이한열이 말했다.

그는 이미 남산서원의 수업 환경을 최고로 만들고 있었다. 돈을 잔뜩 들여 향기를 맡으면 머리가 맑아진다는 침향목을 사용해 학당을 개조하고 있었고, 훌륭한 강사들을 좋은 조건에 초빙하고 있었고, 솜씨 좋은 요리사들을 상당한 돈을 들여 데려왔다.

남산서원은 이한열의 지시와 어마어마한 투자로 인해 좋은 공부 환경을 가진 서원으로 바뀌어갔다.

“헉! 저희가 늦으려고 한 것이 아닌데…….”

“빨리 일어난다고 했습니다만…….”

“어떻게 해?”

사람들이 이한열의 말에 울상을 지었다.

“하하하!”

이한열이 호탕한 웃음을 터트렸다.

“크하하하! 대학사님이 최고입니다.”

“이한열 진사님! 만세! 만세!”

“감사합니다.”

사람들이 이한열을 바라보면서 환하게 웃음 지었다.

그들은 이한열의 따뜻한 마음과 혜택에 마음이 절로 즐거워졌다.

그렇게 모두가 즐거운 가운데 웃음소리가 점점 더 커져갔다.

* * *

"휴우!"

성적평가서를 받아 든 순간 백승호가 한숨을 푹 내쉬었다.

삼십칠 등!

학당에서 수업을 듣는 사람이 서른여덟 명이었으니 백승호 뒤에 딱 한 명만 있을 뿐이었다. 그것도 마지막 한 명이 시험 당일 참석하지 않았기 때문에, 학당에서 사실상 진짜 꼴찌는 백승호였다.

저번에도 꼴찌였고, 그 이전에도 계속 꼴찌였다.

"부모님 얼굴을 어떻게 보나?"

백승호의 두 눈에 부모님 얼굴이 번갈아가며 떠올랐다가 사라졌다.

"이번에는 몇 등 했니?"

학당을 함께 다니는 친구 안수인이 물었다.

"꼴찌는 면했어."

"오! 대단한데!"

안수인이 입가에 비틀린 웃음을 지으며 웃었다.

사실상 비웃는 표정이었다.

안수인은 학당에서 일, 이등을 다투는 머리 좋은 아이였다.

아버지들이 자금성에서 관리로 지내오고 있는 안수인과 백승호는 어릴 때부터 친하게 지내 왔다. 백승호의 아버지가 정사품으로 안수인의 아버지보다 신분이 높았다.

안수인은 학당에 들어오기 전까지는 아버지의 신분 때문에 백승호를 어려워했다.

하지만 학당에 와서 그 차이가 역전됐다.

공부 잘하는 안수인은 많은 친구들을 사귀면서 즐거운 시간을 보내고 있었고, 공부 못하는 백승호는 점점 움츠러들었다.

"수인아! 우리 집에 가서 공부할래?"

머리를 양 갈래로 길게 땋은 예쁘장한 소녀가 안수인에게 친근하게 말을 걸었다. 학당에서 가장 아름다운 문소월이었다.

"좋아. 그런데 승호도 데리고 갈까?"

안수인이 야릇한 표정을 지으면서 이야기했다.

문소월을 바라보는 백승호의 두 눈빛이 뜨거웠다.

아름다운 문소월에게 연심을 가지고 있는 백승호가 함께 가고 싶은 표정을 지었다.

"안 돼. 엄마가 싫어 해."

문소월이 고개를 강하게 가로저었다.

머리 나쁜 백승호에게 물들까 봐 문소월의 엄마는 함께 하는 걸 극구 반대했다. 머리 좋은 안수인을 집에 데리고 오는 건 쌍수를 들고 환영했다.

추욱!

백승호의 어깨가 소금에 절인 배추처럼 축 처졌다.

“다음에 보자.”

“안녕!”

안수인이 문소월의 손을 맞잡고 그의 시야에서 사라졌다.

부르르! 부르르!

굴욕감을 맛본 백승호의 어깨가 요란하게 흔들렸다.

예전이라면 안수인이 결코 그의 앞에서 저런 행동을 할 수 없었다. 하지만 학당에서는 공부 잘하는 아이가 최고였다.

학당에서 백승호는 안수인보다 아래였다.

“나도 공부를 잘하면 얼마나 좋을까?”

참담한 심정에 백승호가 스스로 자조했다.

평소에도 열심히 공부를 하지만 늘 꼴찌를 도맡아 하고 있었다. 왜 성적이 나오지 않는지 너무나도 머리가 아팠다.

특별조치로 성적향상을 잘 시킨다는 강사에게 고액과외까지 받았다.

하지만 소용이 없었다.

고액과외 강사도 두 손을 들고 항복하며 돌머리 백승호에게서 떨어져 나갔다.

백승호는 이제 거의 포기한 상태로 어쩔 수 없이 공부하며 학당에 다녔다.

"하아!"

백승호가 깊은 한숨을 내쉬면서 고개를 숙였다.

성적표들을 받아 들고 가는 하굣길은 정말 최악이었다.

그는 터덜터덜 힘없는 걸음으로 고래 등처럼 커다란 저택에 들어갔다.

백승호는 속상한 일이 있을 때는 언제나 아버지 백록담이 가장 먼저 생각났다.

못나고 공부 못하는 백승호를 세상에서 가장 끔찍하게 생각하는 백록담이었다. 백록담은 세상에서 맏아들 백승호를 가장 사랑했다.

"저 왔어요."

백록담이 보던 책을 옆으로 치우면서 백승호를 바라보았다.

"세상에서 가장 사랑하는 우리 아들 왔구나!"

백록담이 자리에서 일어나며 격하게 백승호를 반겼다.

"죄송해요."

큰 죄라도 지은 양 백승호가 고개를 푹 숙였다.

축 처진 어깨로 고개를 푹 숙이고 있는 아들을 보면 백록담이 눈빛이 흔들렸다. 철의 마음을 가졌다고 세간의 사람들에게 평가받는 정사품 관리 백록담도 아들 앞에서는 약했다.

"왜 시무룩한 것이냐?"

"꼴찌 했어요."

"일등이 있으면 꼴찌도 있는 법! 행복은 성적순이 아니라는 것 알잖니?"

백록담이 백승호의 손을 잡으며 다정하게 말했다.

울컥!

백승호는 다정한 백록담의 말에 마음이 한결 나아졌다.

사랑하는 백승호의 감정이 붙잡고 있는 손을 통해 전해져 왔다. 백록담은 성적 때문에 고통스러워하는 백승호를 항상 사랑으로 감싸 줬다.

기분이 나아지기는 했지만, 가슴은 여전히 무거웠다.

백록담의 사랑은 사랑이었고, 성적은 성적이었다.

백승호도 안수인처럼 공부를 잘하고 싶었다.

학당에서 무시 받지 않고 콧대를 드높여 세우고 싶은 마음이 굴뚝같았다.

"저도 공부를 잘하고 싶어요."

백승호가 간절한 바람을 담아 이야기했다.

하지만 그 바람이 이루어지지 않을 거라는 사실을 누구보다 그가 가장 잘 알았다. 여태 백방으로 노력했지만, 항상 꼴찌만 하는 백승호였다.

백승호는 근래에는 학당을 가기도 싫었고, 학당의 친구들도 보기 싫었다.

그저 관리 집안의 자식으로 태어났기에 어쩔 수 없이 학업을 하고 있을 뿐이었다. 깊은 수렁에 빠져 헤어 나올 수 없는 점점 더 깊숙한 곳으로 빨려 들어갔다.

"성적 올릴 방법이 있기는 한데, 한번 해 보겠니?"

백록담이 다정한 목소리로 백승호에게 이야기했다.

"성적이 과연 올라갈까요? 고액과외를 받았지만 아무 소용이 없었잖아요."

"이번에는 저번의 엉터리 고액과외 강사와는 다를 거다. 성적이 밑바닥인 아이를 높은 수준으로 끌어올리는 유능한 선생님이 있다."

"정말요?"

"정말이다."

"하고 싶어요."

"그런데 그 선생님에게 배우기 전에 각오를 단단히 해야 한다."

"네? 각오라고요?"

"그 선생님은 정말 강렬하게 아이들에게 수업을 한다. 수업을 듣기 위해서는 죽을힘을 다해서 따라가야만 해. 어설픈 각오로는 들을 수 없는 수업이야."

"할 수 있어요."

"정말?"

"물론이에요."

백승호가 고개를 마구 끄덕였다.

수업을 듣는데 무슨 각오가 필요할까?

백승호는 대수롭지 않게 생각했다.

게다가 정사품인 백록담을 무시할 수 있는 선생님은 아무도 없었다. 수업이 힘들면 백록담을 통해 넌지시 이야기를 하면 만사형통이었다.

"아빠가 분명히 경고했는데 네가 하고 싶다고 한 거다?"

백록담이 다시 한 번 주의를 환기시켰다.

이번에 소개하는 선생님은 그의 입김이 전혀 통하지 않는 사람이었다. 그리고 그가 결코 선생님의 수업에 간여할 수도 없었다. 아이를 맡기는 조건 중에 하나가 바로 수업 불간섭이었다.

전적으로 자식인 백승호를 선생님에게 맡겨야만 했다.

"성적이 올라갈 수 있다면 뭐든 할 수 있어요."

백승호가 당차게 각오를 다졌다.

"과연 내 아들이다."

백록담이 백승호를 품에 안으며 꼭 끌어안았다.

'불쌍한 것! 이제 지옥을 보겠구나.'

백록담이 품에 안긴 백승호를 애처로운 시선으로 내려다 보았다.

그는 백승호를 이한열에게 맡길 작정이었다.

돌머리 탁탑천의 성적을 끌어올린 이한열은 북경의 학부모들 사이에서 유명했다. 많은 학부모들이 이한열에게 아이들을 맡기려고 했다. 하지만 한창 잘 나가던 그는 탁탑천을 제외하고 제자들을 받지 않았다.

그런데 남산서원을 인수한 이한열이 학당을 열어 제자들을 받겠다고 했다. 특급정보를 입수한 백승호가 치열한 물밑 작업 끝에 자리 하나를 얻어냈다.

많은 사람들이 몰려서 자리 하나를 차지하기가 하늘의 별 따기였다.

백록담이 정사품 관리직의 힘까지 동원했을 정도였다.

이한열의 제자들 교육법은 지독하다고 소문이 자자했다.

수업을 듣고 있는 탁탑천이 입에 거품을 물어가면서 지옥의 수업이라고 연신 떠들어대고 있었기 때문이었다. 기회가 닿아도 이한열의 수업을 듣지 않겠다고 하는 아이들이 부지기수였다.

"숨 막혀요."

백승호가 백록담의 품에서 벗어나기 위해 버둥거렸다.

슥!

백승호가 백록담을 올려다보며 기운차게 이야기했다.

"이번에는 정말 잘할게요. 믿어 주세요."

"잘할 수밖에 없을 거다. 그렇게 만들 선생님이니까."

"정말로 훌륭한 선생님이네요."

"그렇기는 하지. 성적 올리는 데는 정말로 최고라고 하더라."

백록담이 띄엄띄엄 말했다.

"빨리 수업을 받았으면 좋겠어요."

"그래."

백록담이 기대 어린 눈빛을 반짝거리고 있는 백승호의 어깨를 가볍게 다독거렸다. 그건 앞으로 있을 성적향상에 대한 축복과 함께 불행에 대한 위로이기도 했다.

"내일부터 남산서원으로 가봐라."

"빨리 내일이 왔으면 좋겠어요."

"시작이 반이면 마무리는 전부다. 시작을 잘하는 사람은 많지만, 마무리를 잘하는 이는 대개 적다. 나는 네가 마무리를 잘하는 사람이 되었으면 한다."

백록담은 아들의 작심삼일을 경계했다.

처음 시작할 때는 큰 뜻을 품고 열심히 달려들지만, 시간이 지나면서 그 뜻이 사그라지는 경우가 대부분이다. 그 까닭은 힘들고 어려운 앞날의 일을 고려하지 않기 때문이다.

다시 말해서 시작만 좋아서는 안 되고, 마무리를 할 때까지 꾸준한 노력을 기울이는 것이 중요했다.

고대로부터 살펴보면 성공적인 마무리는 성공적인 시작보다 훨씬 적은 법이다. 화려하게 시작을 알리곤 중도에 흐지부지되는 일이 얼마나 많은가.

"제가 뒤끝이 있는 남자잖아요. 그러니까 끝을 잘 마무리할 수 있어요."

백승호가 가슴을 손바닥으로 치며 두드리면서 강한 자신감을 드러냈다.

탁! 탁!

그는 이번 기회에 공부를 잘할 수 있다면 무슨 짓이라도 하겠다는 열의로 가득 차 있었다.

"작심삼일을 피해 유종이 미를 거두겠다면 원대한 목표를 작은 세부 목표로 쪼갠 후 하나씩 차근차근 달성해 나가라!"

끝까지 아들에 대한 걱정을 놓지 않은 백록담이 자상하게 조언했다.

"맡겨 주세요. 내일 남산서원으로 가면 되나요?"

"그래. 가서 이한열 진사를 찾아라."

"와아! 저를 가르칠 스승님이 전시에 합격한 분이네요."

"현직관리고, 문화전대학사를 역임하고 있다."

"훌륭하신 분이네요. 그분에게 많은 걸 보고 배울게요."

백승호가 눈빛을 초롱초롱하게 빛냈다.

그는 이한열을 만날 생각에 벌써부터 심장이 두근거렸다.

"이한열 진사가 특강반을 운영하겠다고 했으니 정말 많이 배울 수 있을 거다."

"특강반이요?"

"그가 무인들에게 특공대가 있는 것처럼 특별한 학생들을 추렴하여 특강반을 꾸려 나가겠다고 했다."

특강반의 의미를 어렴풋이 이한열에게 전해들은 백록담은 백승호를 걱정하고 있었다. 하지만 자신의 입으로 특강반의 의미를 백승호에게 말할 수 없었다.

만약 이야기했다가 백승호가 창백하게 질려 가지 않겠다고 할 수도 있었기 때문이었다.

'꾹 참고 버텨라. 힘든 시기를 보내고 나면 편안한 삶을 살 수 있을 거다.'

백록담이 백승호의 미래를 위해 특강반에서 시간을 보내도록 결국 허락했다. 하지만 험난한 시간을 보내야만 할 백승호를 생각하면 눈물이 앞을 가렸다.

이한열에게 특강반의 수업 내용을 듣던 백록담은 기겁했다.

그렇게 심하게 해야겠냐는 백록담의 말에 이한열은 싫으면 보내지 말라고 간단하게 대꾸했다. 백록담은 자신이 헛소리를 했다면서 이한열에게 모든 걸 맡기겠다고 말한 끝에야 특강반 수업의 아들 자리를 차지할 수 있었다.

그가 백승호의 밝은 앞날을 생각하며 필사적으로 마음을 편안하게 다스리려 노력했다.

"아빠! 정말 고마워요."

"그래. 고마워하는 마음이 변치 않았으면 좋겠구나."

"헤헤헤! 하늘처럼 사랑하는 아버지에 대한 제 마음은 결코 변하지 않아요."

백승호가 해맑은 표정을 지었다.

그는 앞으로 닥쳐올 험난한 시간을 미처 예상하지 못하고 있었다.

천진난만한 백승호를 보면서 백록담은 마음속으로 어찌할 바를 몰랐다.

第六章

일대일 수업

"원주님! 수업 준비를 위한 책은 어떤 걸로 준비할까요?"

원민세가 남산서원의 새로운 원주 이한열에게 정중하게 물었다.

남산서원의 부원주로 있던 원민세는 이한열이 새롭게 원주로 온 다음에 그대로 지위가 유지됐다. 잘릴 거라고 예상했던 원민세가 이한열에게 호감을 잔뜩 보이고 있었다.

'현 정권의 실세인 사람이다.'

원민세는 이한열에게 잘 보이기 위해 노력했다.

남산서원의 초석을 세운 이들은 서 씨 가문의 사람들이지만 체계를 확고하게 정립할 이는 바로 눈앞의 이한열이었다.

이한열은 새로운 황제 옹립과 더불어 문화전대학사에 봉해져 직접 중원 곳곳의 문화와 공부에 큰 영향을 끼칠 수 있었다.

원민세는 이한열의 수업을 전폭적으로 지원할 작정이었다. 수업은 결코 단순하지 않다. 학생들이 공부할 사서오경과 같은 책을 정하고, 공부하는 책을 뒷받침하는 책들도 미리 준비해야 했다.

사서오경은 그 자체만으로도 엄청난 분량이다. 그리고 사성오경을 각자의 시선으로 파헤친 책들까지 합산하면 일만 권을 훌쩍 넘어간다.

"아니오. 책은 됐소이다."

이한열에게는 책이 필요하지 않았다.

"아! 가르칠 내용들을 모두 기억하고 계시군요. 전시에 급제하기 위해서는 사서오경들을 모두 외우고 있어야 하겠지요."

원민세가 단단히 오해했다.

엄청난 분량의 사서오경을 외우는 일은 결코 쉽지 않다. 이한열이라고 해도 사서오경의 내용을 모두 외우고 있지는 못했다.

이한열은 모든 내용을 외우지 못하지만, 문제가 나오면 풀 수는 있었다. 외우지 못해도 전체적인 맥락을 이해하고 세부

적인 부분까지 파헤치고 있었기 때문이었다.

그렇기에 그가 전시에 당당하게 급제할 수 있었다.

"책 없이 직접 아이들을 가르치려고 하시는 것이지요? 근래 들어 딱딱한 책의 내용을 편하게 이해할 수 있도록 연구하고 노력하는 학사들이 늘었습니다. 이른바 살아 있는 지혜를 아이들에게 전수하는 겁니다."

원민세가 이한열을 높이 평가했다.

처음에 이한열이 수업을 개강하겠다고 했을 때 원민세는 쌍수를 들고 환영했다. 이한열의 탁탑천 교육에 대한 소문을 들었기 때문에 걱정 따위는 눈곱만치도 하지 않았다.

책 없이 아이들을 가르치겠다는 건 무척 비범한 일이었다. 그것은 오랜 세월 서원에서 몸담은 학사들도 쉽게 해내지 못했다. 많은 공부를 하고, 수많은 가르침을 통해 연륜을 쌓은 뒤에야 가능했다.

그런데 지금 그런 가르침을 이한열이 하겠다고 하니, 원민세의 이한열에 대한 존경심이 무럭무럭 자라날 수밖에 없었다.

"책 없이 살아 있는 지혜를 아이들에게 전하는 건 맞아요. 제가 직접 몸으로 느낀 깨달음들이지요."

이한열은 원민세가 오해를 하고 있다는 걸 알았지만, 굳이 풀어 줄 생각은 하지 않았다.

그는 남산서원의 원주로서 아랫사람인 원민세의 눈치를 볼 필요가 없었다.

"맞습니다. 몸으로 깨달음을 느낀다는 것은 쉬운 일이 아닙니다. 그런 깨달음을 후학들에게 몸소 가르쳐 준다는 것이 참으로 고귀한 일입니다."

"나에게 무척이나 즐거운 일이오."

"하하하! 가르침을 즐거워하다니 정말로 타고난 학사님이십니다."

"그렇게 볼 수도 있겠소."

이한열이 웃으며 대꾸했다.

북경에 와서 치열한 삶을 보내면서 흘린 땀이 얼마던가!

그 흘린 땀의 무게를 혼자서 짊어진다는 건 너무 억울했다. 그랬기에 후학들에게도 엄청난 땀의 무게를 알려 주는 일에 결코 소홀할 수 없었다.

뼈저리게 느꼈던 아픔과 고통을 후학들에게 고스란히 전해 줄 의무와 책임이 이한열에게는 있었다. 강한 책임감을 느끼고 있는 그가 이번 특강반에 심혈을 기울였다.

홀로 고통을 감당하는 건 이한열이라도 힘든 일이었다. 특강반 수업은 인맥쌓기이면서 고통분담의 측면도 있었다.

학생들 수업에 대비해서 어떻게 깨달음을 전해 줄지 미리부터 준비했다. 차곡차곡 준비한 작업이 한두 가지가 아니었다.

이한열은 계획했던 내용들을 다시 한 번 떠올렸다.

"후후후후!"

창백하게 질린 표정의 후학들을 바라보면서 행복해할 자신을 떠올리니 생각만 해도 즐거운 웃음이 입가에 떠올랐다.

이제 잠시 후면 머릿속에만 있던 계획이 현실이 된다.

"자신만만해하는 원주님만 믿겠습니다."

"걱정하지 마시오."

"그럼 저는 다른 일에 대해서 신경을 쓰겠습니다."

부원주인 원민세의 일이 예전에 비해 잔뜩 늘어났다.

원주인 이한열이 직접 일을 처리하는 대신 원민세에게 잔뜩 권한을 줬기 때문이었다.

이한열은 몹시 바빴다.

직접 모든 일을 처리하기가 불가능했기에 아랫사람들을 효율적으로 다뤘다. 많은 권한을 주는 동시에 책임도 강하게 물었다.

이한열은 신상필벌이 엄격했다.

그의 아랫사람 다루기는 일 잘하는 사람들에게 좋은 효과를 봤다.

산더미처럼 일이 늘어났지만 원민세는 오히려 힘을 냈다. 남산서원을 실질적으로 이끌어가면서 많은 대우를 받고 있었기 때문이었다. 보수도 늘어났고, 그를 보좌해 주는 아름다운 미녀까지 생겨났다.

원민세는 유능한 사람이었다.

유능한 능력을 지닌 원민세였지만, 이한열이 특강반을 대상으로 할 엽기적인 수업에 대해서는 미처 예상하지 못했다.

특강반의 새로운 수업 방식은 이한열만의 독특한 방식으로 진행된다. 그러기 위해서 등용전 주변의 공터에 많은 돈을 들여서 공사를 펼쳤다.

"어서들 오너라. 너희들을 잠재력을 폭발적으로 성장시켜 줄 시설들이 기다리고 있단다. 흐흐흐흐!"

이한열이 음산한 웃음을 터트리면서 즐거워했다.

슥!

그가 창문 밖으로 내다보자, 수업을 들을 아이들이 하나둘씩 등룡전으로 오고 있었다. 천진난만한 표정으로 걸어오는 아이들은 이제부터 닥칠 위험에 대해서 전혀 알지 못하고 있었다.

이한열은 엽기적이면서 강압적인 수업 방식에 대해 이미 부모들에게서 허락을 받았다. 수업에 있어서 어떠한 불만이나 간섭도 하지 않겠다는 각서를 쓴 부모의 아이들만 특강반에 참석할 수 있었다.

각서를 써야 함에도 불구하고 특강반에 참석하겠다는 학

부모들이 엄청났다. 이한열의 탁탑천에 대한 소문이 그만큼 강력했기 때문이었다.

성적을 올릴 수 있다면 자식의 힘들고 어려운 시기는 학부모들에게 크게 중요하지 않았다. 학부모들이 관심을 가지고 있는 건 바로 자식들의 성적이었다.

남산서원은 사람들로 북적거렸다.

입구 앞쪽에는 마차들이 즐비하게 서 있었고, 활짝 열린 문으로 드나드는 사람들이 많았다.

“사람들 많네.”

백승호가 빨리 걸으면서 중얼거렸다.

그는 학당 수업을 마치고 집에 들려 저녁 식사를 마친 뒤에 남산서원으로 왔다. 수업시간에 늦지 않게 중간에 뛰기까지 했다.

약간 숨을 헐떡거리던 그가 남산서원 정문으로 들어섰다.

문 한쪽에 깔끔한 옷차림을 하고 의자에 앉아 있는 유생이 있었다. 새하얀 학창의를 입고 있는 유생에게서 깔끔하고 고고한 분위기가 흘렀다.

“백승호라고 하는데, 이한열 진사님의 수업을 듣기 위해 왔어요.”

“찾아볼게요.”

유생이 탁자 위의 책을 펄럭거렸다.

책 안에는 정갈한 글씨로 이름들이 빼곡하게 적혀 있었다. 이번에 새로 남산서원에 등록하게 될 아이들의 이름이 책에 기록되어 있었다.

“여기 있네요. 청강석이 깔린 길을 쭉 따라서 등용전으로 가면 돼요.”

유생이 백승호의 이름을 찾아낸 뒤 등용전을 안내해 줬다.

얼마 전 남산서원은 청강석으로 새롭게 길을 깔았다.

등용전은 이한열이 수업을 할 건물이었고, 청강석은 등용전까지 이어진 길이었다. 남산서원 등용전 주변에 새롭게 많은 공사를 펼쳤다. 이한열의 지시로 인해 동원된 인부들이 등용전을 공부하기 좋게 깔끔히 정비하였고, 주변에 특별한 시설들도 많이 만들었다.

“고맙습니다.”

백승호는 인사를 한 뒤 푸른 돌이 정갈하게 깔린 길을 따라 걸었다.

남산서원에 낡은 건물들이 많이 보였다.

낡고 작은 건물들은 남산서원의 오랜 역사와 전통을 보여준다. 고색창연한 건물들이 아름다운 모습을 뽐냈고, 주변의 수려한 경치와 한 폭의 그림처럼 어우러졌다.

남산서원의 풍토는 허영을 경멸하며 사람들에게 은인자중

을 알려 준다. 겉멋으로 화려함을 좇지 말고 진중한 사람이 되는 가르침을 준다.

"이런 곳에서 공부를 할 수 있다니 행운이야."

백승호가 멋진 풍경을 감상하면서 잰걸음으로 나아갔다.

그는 조금이라도 빨리 등용전에 도착해서 새로운 스승인 이한열을 만나보고 싶었다.

등용전 앞의 넓은 공터에는 이미 많은 사람들이 모여 있었다. 하나같이 젊고 앳돼 보이는 아이들이었다. 이한열에게 가르침을 받기 위해 찾아온 자들이었다.

"오늘부터 너희들을 가르칠 문화전대학사 이한열이다."

모습을 드러낸 이한열이 자신의 신분을 밝혔다.

"아! 저분이 문화전대학사이시구나."

"전시에 합격한 저분처럼 나도 됐으면 좋겠어."

"정말 머리에 쏙쏙 박히도록 가르치는 분이라고 했어."

아이들이 경외의 시선으로 이한연을 바라보았다.

찬탄을 금치 못한 아이들의 표정이 무척이나 뜨거웠다.

"내가 하라는 대로만 하면 너희들도 공부를 잘할 수 있다. 알겠나?"

이한열이 강한 자신감을 드러냈다.

옹기종기 모여 있는 아이들은 모두 하나같이 성적이 신통치 못했다. 애당초 이한열이 공부 못하는 아이들만 골라서

받았기 때문이었다.

"정말인가요?"

"진짜 제가 공부를 잘할 수 있나요?"

공부를 잘하기 위해 아무리 노력해도 밑바닥에서만 놀던 아이들이 물었다.

"물론이다. 중도에 포기하지 않으면 향시에는 기본적으로 붙게 만들어 주마. 나만 믿고 따라오면 된다."

이한열이 떡밥을 뿌렸다.

과거의 일차시험인 향시에 붙게 해 주겠다는 말!

그것은 공부하는 사람들이라면 결코 떨칠 수 없는 떡밥이었다.

"믿습니다."

"진사님을 믿습니다."

"지옥 끝까지라도 좇아가겠습니다."

아이들이 광적으로 이한열을 맹신했다.

향시 합격에 홀린 아이들 가운데에는 백승호도 포함되어 있었다. 아이들은 공부를 못했기에 향시 합격을 어떻게든 해 보고 싶었다.

향시 합격을 하면 지금까지 받았던 설움을 모두 날려버릴 수 있었다. 게다가 향시 합격으로 얻게 될 달콤한 열매까지 획득한다.

불량감자에서 순식간에 품질 좋은 일 등급 감자로 올라서게 된다.

"일대일로 가르쳐 주마."

"감사합니다."

"시간도 없으실 텐데 일대일의 가르침이라니! 가문의 영광입니다."

이한열의 일대일이라는 말에 아이들이 모두 환호했다.

아이들은 학당에 모여 한꺼번에 배움만 받아도 감지덕지라고 생각했다. 그런데 일대일로 가르쳐 준다니 기쁠 수밖에 없었다.

"공부는 전쟁이다. 전쟁터에서 싸운다는 생각으로 덤벼들어야 제대로 배울 수 있다. 지금까지 너희들은 전쟁에 패배한 자들이다. 패배하였기에 조롱과 구박을 받아왔겠지."

이한열이 아이들을 자극했다.

직접 경험해 봤기에 아이들의 심리를 자극하는 것은 어렵지 않았다. 과거에 떨어져서 여자 친구가 고무신을 거꾸로 신었고, 친구들로부터 따돌림까지 받았다.

"크윽!"

"분합니다."

아이들이 입술을 깨물었다.

공부를 못했던 아이들은 구박과 조롱의 압박에서 자유롭

지 못했다.

“억울하게 생각하지 마라. 못나면 조롱받는 것이 자연스러운 것이다. 억울하면 출세하라는 말이 있듯, 너희들이 향시에 합격하게 되면 들어보지 못했던 칭송이 마구 쏟아질 것이다. 조롱과 구박과 안녕하고 경의 어린 시선을 한몸에 받게 된다.”

이한열이 매혹적인 현실을 알려줬다.

온갖 어려움을 이겨내고 승리하게 되면 값진 전리품은 항상 뒤따른다.

이한열은 생각이 깊고, 사람 심리에 능숙하며, 확고한 원칙에 따라 아이들을 낚아 올렸다.

그는 아이들을 가르칠 스승이다.

스승은 아이들 지도가 가장 중요한 일이다.

따라서 그는 닥쳐올 힘든 상황에 아이들이 열정적으로 덤빌 수 있도록 당근을 제시했다.

씨익!

이한열이 웃었다.

아이들을 챙긴 이한열은 다른 사람들을 생각했다.

아이들을 그에게 보낸 건 바로 부모들이었다.

‘너희 부모들은 나의 든든한 지원군이 된다.’

아이들을 맡긴 부모들은 이한열에게 언제나 약자일 수밖

에 없었다.

아이들 부모의 상당 부분은 황궁에서 근무하는 관리들이었다. 요직에 있거나 고위직관리들과 이한열의 친분이 만들어졌다.

황궁에 별로 없던 이한열의 기반이 순식간에 만들어졌다. 주수선의 총애와 함께 새롭게 만들어진 탄탄한 기반으로 인해 이한열의 관직 생활에 날개가 달렸다.

남산서원에서 학당을 열고 직접 스승으로 나선 것에는 바로 개인적인 든든한 지원군 설립에 있었다.

"빨리 배우고 싶습니다."

백승호가 크게 부르짖었다.

그는 조금이라도 빨리 이한열의 가르침을 받고 싶었다.

"맞아요."

"빨리 가르쳐 주세요."

"스승님! 저희들에게 고귀한 가르침을 내려 주세요."

아이들이 이구동성으로 떠들어 댔다.

"좋은 정신이다. 너희들이 제대로 배울 수 있도록 일대일로 가르침을 내려주마."

이한열이 아이들을 바라보면서 환하게 웃었다.

"저부터 먼저 가르쳐 주세요."

일대일이라고 했기에 가장 먼저 배울 생각인 백승호가 앞으로 나서면서 소리쳤다.

“제가 먼저예요.”

“웃기지 마. 내가 가장 먼저 도착했어. 선착순으로 해.”

“닥쳐! 키 큰 순으로 하자.”

아이들이 중구난방으로 떠들면서 가장 먼저 이한열의 가르침을 받기 원했다. 순식간에 일대가 이전투구의 장으로 바뀌었다.

“모두 한순간에 일대일 가르침을 받을 수 있으니 싸우지 마라.”

이한열의 음성이 아이들의 귓가에 또렷하게 울렸다.

“네? 무슨 말씀인지요?”

“어떻게 한순간에 일대일로 가르쳐요.”

“말도 안 돼요.”

“그건 불가능해요.”

아이들이 불신한다는 기색을 그대로 드러냈다.

스무 명에 달하는 아이들을 어떻게 한순간에 일대일로 가르친다는 말인가?

몸이 스무 개가 아니라면 불가능했고, 이한열은 몸이 한 개인 사람이었다.

“가능하다. 바로 이렇게…….”

이한열이 엄지와 중지를 마주치면서 ‘딱!’ 소리를 일으켰다.

우우웅! 우우우웅!

공기를 파르르 떨리게 만드는 울음이 울렸다.

"뭐야?"

"이것이 대체 뭐지?"

갑작스러운 사태에 놀란 아이들이 잔뜩 긴장했다.

"으아악!"

한 아이가 발밑에 생겨난 검은 구멍 속으로 빨려 들어가면서 비명을 내질렀다.

"아악!"

"으악! 살려 주세요."

아이들이 하나같이 검은 구멍으로 쑥 끌려들어 갔다.

"선생님! 도와주세요. 검은 구멍이 저를 잡아먹으려고 해요!"

모든 아이들이 구멍으로 사라졌는데, 구멍 옆의 대지에 두 팔을 걸치고 버티는 한 아이가 있었다.

바로 백승호였다.

그 어떤 일도 우연하게 발생하지는 않는다.

검은 구멍에 아이들이 사라지는 기현상에는 배후가 존재했다.

"버티지 말고들 그냥 들어가! 그곳에서 배움이 시작될 거다."

이한열이 발로 백승호의 팔을 툭, 하고 쳤다.

"아아악!"

백승호가 구슬픈 비명을 토하면서 구멍으로 빨려 들어갔다. 늪과 같은 시커먼 구멍에 빠진 백승호가 순간적으로 정신을 잃었다.

"크크큭! 주술은 재미있어."

이한열이 자신이 펼친 주술과 술법에 만족했다.

오랜 시간 사람들에게 허락하지 않았던 천인혈골의 환상적이면서 사이한 주술과 술법이 이한열에 의해서 다시금 세상에 모습을 드러냈다.

신비한 기운을 넘실넘실 뿜어대는 이한열이 환하게 웃고 있었다.

스르릉!

백승호가 정신을 차리고 눈을 떴다.

"여기는 어디지?"

조금 전까지 등룡전 앞의 공터에 있던 백승호의 눈앞에 푸르게 넘실거리는 바닷물이 보였다. 새파란 하늘 위에는 하얀 구름이 여유롭게 흘러갔다.

백승호가 황급히 일어나 여기저기를 둘러보았다.

"헉! 섬이다."

사방으로 스무 걸음도 걸어갈 수 없는 작은 섬에 백승호 홀로 있었다.

철썩! 철썩!

푸른 바닷물이 금방이라도 섬을 집어삼킬 듯이 출렁거렸다. 크게 일렁인 파도가 섬에 부딪혔다가 백승호를 덮쳤다.

"에퉤퉤!"

얼떨결에 바닷물을 삼킨 백승호가 재빨리 내뱉었다.

"헉! 내가 바다 한가운데 갇히다니……."

백승호는 현실을 믿기 어려웠다.

북경에서 바다까지 오려면 많은 시일이 걸린다.

정신을 잃은 시간이 얼마나 되는지 몰라도, 단번에 바다까지 오기는 어려웠다.

"여기에서 어떻게 살아가지?"

망망대해 한가운데 갇혀버린 백승호가 망연자실한 표정을 지었다.

"그만 멍한 표정을 짓고 여기 와서 앉아라."

백승호의 등 뒤에서 익숙한 목소리가 들려왔다.

휙!

백승호가 황급히 등을 돌렸다.

조금 전까지 아무것도 없던 곳에 의자에 편안하게 앉아 있는 이한열이 보였다.

황량한 모래가 있던 땅 위에 우람한 나무가 한 그루 자라나 있었다. 나무의 짙은 그늘 아래 이한열은 무척이나 여유로웠다.

"헉! 어디에서 나타나셨어요?"

백승호가 무척 놀랐다.

작은 섬 어디에도 숨을 곳이 없었고, 이한열이 나타날 공간도 보이지 않았다.

"마음이 일었기에 내가 나타난다. 세상만사가 모두 마음에 달려 있다."

이한열이 미소 지으며 말했다.

"무슨 말씀이신지 모르겠어요."

"모르면 그냥 기억만 해 둬. 이해를 못 하는 걸 보니 공부를 못하게 생겼는걸. 전 학당에서의 성적이 어떻지?"

이한열이 물었다.

"……."

대답하지 못하는 백승호는 마음이 아팠다.

저번에 받은 성적이 머릿속에 떠올랐기 때문이었다.

꼴찌 아닌 꼴찌를 한 그는 아무런 대답도 할 수가 없었다.

이한열이 큭큭 웃었다.

"성적이 바닥이었구나. 그렇지?"

"네."

백승호가 작게 대답하며 고개를 축 떨어뜨렸다.

이한열은 이미 백승호의 성적과 순위를 알고 있었다.

그럼에도 불구하고 물어본 건 백승호의 아픈 기억을 다시 한 번 헤집어놓을 필요가 있었기 때문이다.

"낙담할 필요는 없다. 나도 향시에 떨어졌었으니까."

"스승님이요?"

백승호가 고개를 번쩍 들어 이한열을 바라보았다.

"처음부터 공부 잘하는 사람이 어디 있겠느냐? 나는 서당에서 쫓겨나기까지 했다."

"정말요?"

백승호가 깜짝 놀랐다.

그는 이한열이 서당에서 공부를 못해 쫓겨났다고 생각했다.

하지만 그건 사실과 달랐다.

이한열이 서당에서 쫓겨난 건 진실이었다.

공부를 못해서가 아니라 월사금을 내지 못해서 서당의 훈장에게 쫓겨났다.

"서당에서 쫓겨나고, 향시에서 떨어지고, 사귀던 여자에게 차이기까지 했지."

"헉!"

백승호가 이한열의 이야기에서 동병상련을 느꼈다.

“얼마나 힘드셨어요?”

“힘들었지만 포기하지 않았다. 힘들기에 더욱 노력을 기울였지. 다음에 향시에 또 떨어지면 죽는다는 각오로 매달렸다. 다행히도 다음번 향시에는 붙었다. 그리고 처절한 노력이 위로 올라갈 수 있는 유일한 길이라는 걸 깨달았지.”

“와아! 대단하세요.”

“황궁의 관리가 된 뒤에도 노력을 게을리하지 않았다. 그렇기에 문화전대학사가 될 수 있었어. 그리고 그 노력은 지금도 계속되고 있다.”

“존경스러워요.”

“너는 다른 사람들보다 장점이 크다.”

“제가 장점이 있어요?”

“사람은 필수적이지는 않지만, 고통을 겪어야 한다. 눈물을 흘려봐야 성장할 수 있는 법이지. 그러면서 겸손해지고 무엇이 잘못되었는지 뒤돌아볼 수 있어. 많은 고통을 겪은 너는 지금 자신에 대해서 잘 알고 있지 않으냐?”

“그것이 장점이 될 수 있을까요?”

백승호는 소심했다.

그는 소심했기에 겁이 많았고, 공부를 못한다는 자괴감에 빠져 몸부림쳤다. 고통에 몸부림치며 끝없이 밑으로 추락하고 있었다.

“뭘 걱정하느냐? 너에게는 더 떨어질 바닥이 없어. 이제 바닥을 차고 위로 튀어 오르기만 하면 돼.”

이한열이 백승호에게 자신감을 불어넣어 줬다.

꼴찌인 백승호에는 이미 바닥이었다.

한 단계만 성장해도 위로 올라가는 셈이다.

백승호는 끝없는 바닥을 이한열에 의해 마침내 확인했다.

꽉!

백승호가 주먹을 불끈 쥐었다.

할 수 있다는 강렬한 생각이 온몸에서 폭발해 버릴 것처럼 솟아났다. 축 처져 있던 백승호의 마음에서 용기가 삐죽 튀어나왔다.

“용기를 가지게 됐군. 이제 비로소 다른 사람들과 같은 출발선에 서게 됐어.”

이한열이 웃으며 말했다.

“저는 한참 늦었어요.”

“늦었다고 생각할 때가 정말 늦은 거다. 그러니까 빨리 달릴 수 있도록 많은 구슬땀을 흘려야지. 꾸준하게 노력하면 대기만성할 수 있어. 그때가 되면 어느 누구도 너를 보고 늦었다고 말하지 않을 거다.”

큰 그릇은 채우기까지 오랜 시간이 걸리는 법이다.

"열심히 할게요."

백승호의 눈빛이 강렬해졌다.

"너의 꿈은 무엇이냐?"

"저는 공부를 못해서 특별히 생각을 해 본 적이 없어요."

백승호가 어물거리며 대답했다.

용기의 불씨를 품에 안았지만, 그것은 금방이라도 꺼질 것처럼 약했다.

"어떤 사람이 되고 싶다고 생각은 해봤을 것 아니냐?"

"그냥 좋아하는 여자와 행복하게 살고 싶어요."

너무 소박하다고 한소리 들을지도 모른다고 여기면서 백승호가 작은 목소리로 이야기했다.

"참으로 좋은 이상이구나. 좋아하는 사람과 행복하게 산다는 건 지극한 낙이지. 훌륭한 미래를 이루려면 어떻게 해야겠느냐?"

"열심히 노력해야 해요."

백승호의 마음에서 용기의 불씨가 다시금 강렬하게 타올랐다. 작은 불씨가 점점 커지면서 자신감을 불어넣어 줬다.

"끊임없이 노력하고 도전해라. 노력하여 얻은 열매는 그 무엇보다 달콤하다. 너의 땀과 노력이 너의 미래를 결정한다."

이한열이 백승호의 미래를 환하게 밝혀질 격언을 건네줬

다.

“제 미래를 제힘으로 개척하겠어요.”

소심하고 용기도 없는 백승호의 두 눈이 횃불처럼 이글이글 타올랐다.

못한다고 해서 그냥 내버려 두면 아무것도 변하지 않는다.

끊임없이 도전하고 부딪쳐야 한다.

박살나도 상관없다.

내가 변화하면 그 순간 세상 모든 것이 달라진다.

그 이치를 이한열이 백승호의 머릿속에 선명하게 각인시켰다.

바닥에 널브러져 있던 방예의 눈이 떠졌다.

수많은 책들로 뒤덮인 도서관에 덩그러니 홀로 있었다.

압도적일 정도로 많은 책들이 그를 기다리고 있었다.

“헉!”

책들에 압사당할 위기감을 느낀 방예가 벌떡 일어났다.

“여기가 대체 어디야?”

불만 섞인 외침이 방예의 입에서 튀어나왔다.

“도서관이다.”

이한열이 등장하면서 방예의 궁금증을 풀어줬다.

“헉! 저는 난독증이 있어서 책들이 무서워요.”

"상서복야께 들어서 알고 있어."

방예의 아버지 방현령은 상서복야 관직에 제수되어 있다.

상서복야는 조정의 실무를 보는 상서대 차관으로 수장인 상서령과 품계가 한 단계 낮다. 상서복야는 상서대의 제 이인자이다.

상서령은 천자를 보필하며 각종 대사를 총괄하고, 황명의 출납을 담당하면서 관할하지 않는 부서가 없었다. 상서령의 자리는 권력과 실권이 강력했다.

방현령의 장자인 방예는 머리가 나쁘지는 않지만 난동증이 문제였다. 책을 볼 수 없었고, 게다가 책에 대한 두려움도 강했다.

방현령이 백방으로 방예의 난독증과 두려움을 고치려고 노력했지만, 매번 허사로 돌아갔다. 절망하던 차에 마지막으로 이한열에게 희망을 품고 방예를 맡겼다.

"난독증과 책에 대한 두려움을 싹 사라지게 만들어 주지."

"정말요?"

방예는 귀가 솔깃했다.

난독증과 책을 보면 무섭다는 생각 때문에 그도 미칠 지경이었다.

상서복야인 방현령의 자식으로 태어났기에 여러 가지 혜택을 많이 누렸다. 그렇지만 혜택에 비례하여 책임도 많이 요구

됐다.

그 가운데 하나가 바로 공부였다.

사람들은 방예를 두고 호랑이 밑에서 개새끼가 태어났다고 수군거린다. 학업성취가 미진한 방예의 부족함은 바로 방현령의 굴욕으로 이어졌다.

"믿는 자에게 복이 오는 법이다."

"스승님을 믿습니다."

"자! 너에게는 난독증을 치료하고 두려움을 몰아낼 특별한 장치가 필요하다."

"시키는 대로 할게요. 얼른 장치를 보여 주세요."

"약속했다. 스승과 제자 사이에는 허언이 없는 법이다."

"저는 입 밖으로 내뱉은 말을 지킬 줄 아는 남자입니다."

"장하다. 우선 여기 의자에 앉아라."

"네."

방예가 순순히 의자에 앉았다.

철컥!

의자의 손잡이에서 단단한 고리가 나와 방예의 손목을 구속했다.

"헉! 이게 뭔가요?"

"특별한 장치의 일부이다. 손목만 구속되었기에 손을 움직이는 데에는 무리 없지?"

"풀어 주세요."

불길함을 느낀 방예가 이한열에게 부탁했다.

"시키는 대로 하겠다고 방금 말했잖느냐. 설마 일구이언하는 이부지자가 되려고 하느냐?"

"……."

방예가 꿀 먹은 벙어리가 됐다.

그러는 사이 이한열이 천장 대들보에 끈을 묶어 내려뜨렸다.

"악! 아파요."

"참아라. 끈과 네 머리를 연결시켰다."

"왜 묶으셨어요?"

"이렇게 하면 함부로 고개를 돌릴 수가 없지."

방예가 고개를 살짝 옆으로 돌리거나 위로 살짝 치켜 올리는 것만 가능할 뿐 팽팽하게 묶인 끈에서 벗어날 수가 없었다.

슥!

방예가 살짝 머리를 숙여보았다.

"악!"

머리카락이 통째로 뽑히는 엄청난 고통에 방예가 황급히 고개를 빳빳이 세웠다.

"좋아. 바로 그 각도야. 허리를 꼿꼿이 세우고 책을 보는 가장 이상적인 자세이지."

이한열이 자신이 만든 작품을 감상했다.

그러면서 뭔가 미진한 구석을 느꼈다.

"아! 고개를 좌우로 움직여서는 안 돼. 고개를 돌리면 난독증과 두려움에서 벗어날 수가 없잖아."

이한열이 웃으면서 방예의 얼굴 위와 좌위 옆에 밤송이를 매달았다.

밤송이를 바로 눈앞에서 목격한 방예의 얼굴이 창백하게 질렸다.

"잘못하면 밤송이에 찔려요. 눈에 찔리기라도 하면 실명할 수도 있으니 빨리 치워 주세요."

방예가 애걸복걸했다.

그가 눈동자만 움직여서 좌우를 살펴보았다.

바로 옆에서 대롱대롱 흔들리는 밤송이들은 그 자체로 흉기였다. 날카로운 가시에 찔리기라도 하면 얼굴이 곰보가 될 수도 있었다.

"잘하면 돼. 내가 만들었지만 참으로 기가 막힌 장치로구나."

방예의 애걸을 깔끔하게 짓밟은 이한열이 자신이 만든 장치에 감탄했다.

"세상에 어느 누가 이렇게 공부를 해요?"

"밤에 졸지 않고 책을 보기 위해 이렇게 공부를 한 사람이 있었다."

바로 조선에서 유학을 온 최치원이라는 사람이었다. 그는 지독한 방법을 동원해서 공부했다. 잠이 많기로 유명한 최치원은 이 방법으로 잠을 줄일 수 있었다.

꾸벅꾸벅 졸면 머리카락이 뽑혀서 잠에서 깨고, 머리를 숙이면 밤송이 가시에 찔려서 화들짝 깨어났다.

강제적인 구속에 스스로 몸을 내던진 최치원은 미친 듯이 공부에 열중했다.

"말도 안 돼요. 거짓말이죠?"

"계원필경을 읽어봐라. 그 안에 분명히 쓰여 있다."

계원필경의 서문에는 최치원의 공부법이 기록되어 있었다.

> 나는 당나라에서 공부할 때 졸음을 쫓으려고 머리를 묶어 천장 대들보에 매달고 밤송이 가시로 허벅지를 찔렀다. 또한 남들이 책을 백 번 보면 나는 천 번 보았다.

최치원은 이처럼 피나는 노력을 기울인 덕분에 당나라의 과거 시험에서 장원 급제를 했다. 그의 나의 열여덟 세, 유학 온 지 겨우 육 년 만이었다.

"불광불급이라는 말이 있다. 미쳐야 미칠 수 있는 법이지. 너도 미칠 듯이 노력해야 난독증과 두려움을 이겨낼 수 있음이야."

"이런 장치 없어도 할 수 있어요. 그러니까 이것들을 없애 주세요."

"쯧쯧쯧! 말도 안 되는 소리! 더 이상 반항하지 말고 책을 소리 내어 읽어라. 더 떠들면 밤송이 대신에 비수가 놓이는 수가 있어."

"……."

살벌한 이한열의 말에 방예가 순간적으로 합죽이가 되었다.

"도서관의 모든 책을 읽어야 장치에서 벗어날 수 있다. 빨리 장치를 없애버리고 싶으면 책들을 닥치는 대로 읽어."

이한열이 지시하고는 서가 뒤쪽으로 사라졌다.

"크흐윽! 이걸 언제 다 읽어!"

수많은 책들에 둘러싸인 방예의 입에서 절망 섞인 신음이 새어 나왔다.

"아악!"

절망감에 어깨를 들썩거리던 방예가 머리카락 뽑히는 고통에 꿈틀거렸다.

"아아악!"

밤송이에 심하게 찔린 방예가 순간적으로 원래대로 돌아왔다. 정자세로 의자에 앉은 그가 처음으로 겪어보는 지독한 고통에 얼어붙었다.

"읽어야 해. 닥치는 대로!"

죽을 것만 같은 방예가 손에 잡힌 책 표지를 넘겼다.

팔락! 팔락!

죽을 수도 있다는 생각을 가진 그가 책에 광적으로 집중했다. 난독증과 책에 대한 두려움은 그의 기억 속에서 사라진 지 오래였다.

"자로가 '죽음이 무엇입니까' 묻자, 공자가 대답했다. 삶의 이치도 아직 모르는데 어찌 죽음을 알겠느냐?"

미친 듯이 책을 읽는 방예의 목소리가 끊어지지 않고 계속 이어졌다. 두꺼운 책이 그의 손에서 빠르게 넘어갔다.

방예가 순식간에 한 권의 책을 뚝딱 해치웠다.

그의 다른 책을 잡아갔다.

"닥치면 하는 법이지."

이한열이 미친 듯이 책을 읽고 있는 방예를 보면서 뇌까렸다.

"성적이 안 나온다고? 박박 굴려 주지."

이한열이 제자들을 호되게 교육시킬 생각이었다.

그는 말이 통하면 제자들에게 자상하게 대했고, 말이 통하지 않으면 강제적인 수단을 한 치의 거리낌 없이 동원했다.

주술을 가미한 이한열의 일대일 수업이 학생들을 자상하게 또는 가혹하게 내몰았다.

第七章
천도훈

산적토벌을 나섰던 천일해가 시체가 되어 돌아왔다. 사지가 잘려나가고, 얼굴이 완전히 뭉개진 시체는 무척이나 흉했다.

"여보!"

절망스러운 표정을 짓고 있는 조나경이 남편 천일해를 붙잡고 통곡했다.

"아빠! 제발 일어나세요."

천일해의 시신을 끌어안은 천소연이 울부짖었다.

가족의 죽음은 마음이 끊어지는 차디찬 아픔이다.

천류문에 울음소리가 크게 퍼졌다.

천류문주인 천일해가 관의 산적토벌에 함께하였다가 그만 불귀의 객이 되고 말았다. 삼백 명의 관군들이 산채를 토벌하려다가 거꾸로 당해 버렸다.

"……."

천일해를 바라보는 천도훈의 시선이 서늘했다.

무표정한 천도훈의 뇌리에는 아버지와 함께 보냈던 시간들이 주마등처럼 스쳐 지나갔다. 친모가 죽은 뒤 얼마 지나지 않아 새어머니 조나경이 들어왔다.

조나경이 아들 천명훈을 낳은 뒤로 천일해와 천도훈의 사이가 서먹해졌다. 이복동생 천명훈이 천류문의 차기문주의 위치인 소문주 지위에 올랐다.

소문주인 천명훈은 이 자리에 없었다.

천명훈은 무당파에서 수련 중이었다.

천일해가 거액을 들여서 천명훈을 무당파에 넣었다. 천류문으로서는 부담스러운 금액이 매년 무당파로 들어갔다.

그에 반해 천도훈은 천일해로부터 제대로 된 지원을 받지 못했다. 단지 가문 대대로 내려오는 청명심법과 청명검법만을 익혔다.

청명심법과 청명검법은 지역에서 제법 쓸만한 무공이다. 하지만 대륙 전체로 놓고 따져보면 잘 쳐준다고 해도 이 급 수준에 불과하다.

"문주님과 사이가 나쁘다고 하더니 정말이었구나."

"그래도 아버지가 돌아가셨는데 저렇게 차가운 표정을 지을 필요가 있을까."

하인들이 수군거렸다.

슥!

천도훈이 고개를 돌려 수군거린 하인들을 바라보았다.

"함부로 주둥이를 놀리다 혀가 잘리는 수가 있다."

주인을 대상으로 험담을 내뱉는 하인들에게 잘해 줄 이유가 없었다. 차가운 말로 그들의 위치를 제대로 인지시켜 줄 필요가 있었다.

"헉!"

"죄송합니다."

차가운 시선에 놀란 하인들이 황급히 고개를 숙였다.

겉으로 표현하지는 않았지만, 친부를 잃은 천도훈도 슬펐다. 그는 세상에서 가장 가까운 사람을 잃었다.

'아버지! 복수는 해드리겠습니다.'

천도훈이 속으로 칼을 갈았다.

"연무장에 사범들과 무인들을 모아라. 산적들을 쓸어버리러 가겠다."

천도훈의 차가운 음성이 대전에 울렸다.

얼마 후, 연무장에 사범들과 소속 무인들이 모여 천도훈을 기다렸다. 이미 천일해의 사망소식을 접한 그들의 안색이 좋지 않았다.

"이제 천류문은 어떻게 되는 거지?"

"원래대로라면 소문주인 천명훈이 천류문을 차지했겠지. 하지만 아직 열다섯도 되지 않은 천명훈이 천류문주에 오를 수 있을까?"

"대공자인 천도훈이 가만히 있지 않을 수도 있어."

"장례를 치르고 난 뒤 빠르게 천류문주에 오를지도 모르지."

그들이 차후 어떻게 천류문이 돌아갈지에 대해서 떠들었다. 죽은 사람은 죽은 사람이고, 산 사람은 살아가야 했다.

천류문은 그들의 일터이자 소속된 무관이다.

그들은 천류문의 미래가 걱정될 수밖에 없었다.

그때였다.

천도훈이 성큼성큼 걸어서 연무장으로 들어섰다.

"아버지의 복수를 하기 위해 출진하겠다."

천도훈의 단도직입적인 말에 연병장에 모인 사범들과 무인들이 놀랐다.

삼백 명의 관군과 천일해가 가서도 산적들을 처리하지 못했다. 토벌대에는 천일해 뿐만 아니라 다른 무인들도 여럿 포함되어 있었다.

천류문만 산적들과 전투를 벌인다면 그 결과는 확정적이었다. 죽으러 가는 것이나 진배없다고 연병장에 모인 자들이 생각했다.

"그럴 수는 없습니다."

양의지가 천도훈을 똑바로 바라보았다.

천도훈이 서늘한 눈빛으로 양의지를 살폈다.

'뭔 놈의 눈빛이 저리도 차가운 거냐.'

양의지는 섬뜩했지만 천도훈의 시선을 피하지 않았다.

천류문의 대사범인 그는 천일해 다음가는 무위를 지녔다.

천일해가 사라진 지금 천류문에서 그가 가장 강한 존재였다.

"복수를 하지 않겠다는 건가?"

"원수는 갚아야 합니다. 하지만 무턱대고 복수를 하기 위해 나선다면 떼죽음을 피할 수 없습니다. 이성을 차린 뒤에 만반의 준비와 함께 산적들을 토벌해야 합니다."

"겁먹었나?"

"당장 그 망발을 거두십시오. 이번 산적토벌대는 천류문보다 몇 배는 강한 힘을 가지고 있었습니다. 그런 산적토벌대가 일패도지했습니다. 천류문이 사력을 다한다고 해도 무리입니다. 지금은 참지만, 시기가 되면 제가 가정 선두에 서서 산적들을 죽일 것입니다."

양의지의 말에 연무장에 있던 다른 사람들이 고개를 끄덕거렸다. 모든 사람들이 양의지의 생각에 동조하는 것이었다.

혼자만 다른 생각을 지닌 천도훈은 전체의 반대에도 불구하고 눈 하나 깜짝 안 했다.

"시기라? 내가 그 시기를 만들어 주지."

천도훈이 말을 차갑게 내뱉었다.

그때였다.

"대체 무슨 일을 벌이는 것이니? 그리고 대사범님에게 무례를 범해서는 안 된다."

연무장으로 한달음에 달려온 조나경이었다.

그녀의 옆에는 어린 천소연이 있었다.

천일해의 장례식을 준비하고 있던 그녀는 천도훈의 산적토벌 이야기에 너무나도 놀랐다.

양의지는 천도훈이 함부로 하대할 수 있는 사람이 아니었다.

천일해도 살아생전 양의지를 존중해서 존대를 했다.

무공도 훌륭했고, 천일해를 섬기는 데 있어 지극정성이었다. 천류문에서 총관 역할을 하는 살림꾼 양의지가 있었기에 천류문이 제대로 돌아갔다.

"피의 혈채를 받았으면 갚아줘야 하는 것이 무림의 생리입니다."

"그렇지만 천류문의 사람들을 사지로 몰수는 없다."

"가만히 있으면 천류문은 천천히 말라죽습니다. 산적들이 득시글거리고, 산채가 성장하면 천류문의 영역이 줄어들게 됩니다. 당연히 들어오는 자금도 부족해집니다. 무당파에 보낼 돈도 사라집니다. 당장 내달 말에 무당파에 보낼 돈이 천류문에 있습니까?"

"포목점과 주점을 팔면 마련할 수는 있습니다."

포목점과 주점은 천류문의 주된 수입원이었다. 그 수입원이 있었기에 사범들과 무인들에게 돈을 줄 수 있었다.

당장에 돈이 필요하다고 포목점과 주점을 팔면 천류문은 결국에는 망하게 된다. 돈이 있어야 사람과 단체가 돌아간다.

"내년에는?"

"……."

양의지는 아무 말도 하지 못했다.

내년에는 더 이상 돈이 나올 구석이 없었고, 천명훈은 무당파에서 수련하지 못하고 돌아와야만 한다.

"내년이면 좋은 수가 생길 거야."

조나경이 천도훈의 마음을 돌리려고 했다.

"내년까지 버티지 못합니다."

"무슨 소리니?"

"주변의 강호인들이 천류문을 가만두지 않을 겁니다. 망해 가는 천류문은 맛있는 먹잇감이니까요."

천류문이 비록 삼류문파 취급을 받고 있지만, 알짜배기 사업을 가지고 있었다. 군침이 절로 날 정도였기에 자연스럽게 불청객들이 끼어들게 된다.

약육강식!

약하면 강자에게 잡아먹힌다.

강호의 진리다.

천류문이 흉흉한 강호에서 살아남기 위해서는 힘을 보여줘야 했다. 가만히 시기를 기다리며 웅크리면 그대로 사라진다.

"오라버니! 무서운 소리 하지 마. 싸우지 말고 사람들과 평화롭게 지내자."

천소연이 눈물을 글썽이며 애원했다.

아버지를 여읜 그녀는 죽고 죽이는 싸움이 너무나도 무서웠다.

"평화는 힘 있는 자만이 누릴 수 있다."

천도훈이 단칼에 여동생의 말을 무시해 버렸다.

평소 가깝지 않던 세상 물정 모르는 이복여동생의 마음을 다독거려 줄 이유가 없었다.

하지만…….

그렁그렁 맺힌 눈물이 흘러내리는 천소연의 모습에 천도훈은 짜증이 일어났다. 그 옆에서 함께 울고 있는 조나경의 모습도 보기 싫었다.

천도훈은 슬픔에 빠져 무기력한 사람들의 모습을 깨뜨리고 싶었다.

스팟!

그가 날카로운 눈빛으로 양의지를 노려보았다.

"때를 기다린다는 알량한 너의 생각을 박살 내주려고 했다. 잘못된 이유를 몸에 각인시켜주려고 했지만, 꼭 그렇게 할 이유는 없겠지."

천도훈이 허리춤의 검의 손잡이를 잡았다.

스릉!

맑은 소리와 함께 청강검이 모습을 드러냈다.

슥!

천도훈이 검을 높이 들어 올렸다.

출정에 반대하는 양의지를 금방이라도 검이 도륙낼 것만 같은 살벌한 분위기였다.

"검을 휘두르면 안 된다. 빨리 검을 검 집에 넣어라."

조나경이 대경실색하여 천도훈을 말렸다.

덜덜덜! 덜덜덜!

놀란 천소연이 조나경의 치맛자락을 움켜쥐었다.

우우웅! 우우우웅!

검이 울부짖었다.

스륵!

검첨 위로 푸른빛의 기운이 넘실넘실 피어올랐다.

"검기다!"

"아! 절정검수들이 뿜어낼 수 있는 검기를 대공자가 일으켰어."

"눈앞에서 보았지만 믿기지가 않아."

사람들이 갑작스럽게 등장한 검기에 놀랐다.

기운을 유형화시켜 몸 밖으로 끄집어내는 기강 수준의 무인을 절정고수라고 부른다. 검기를 뿜어내는 절정고수 한 명이 스무 명의 일류무인들을 상대할 수 있다.

"나는 강하다."

천도훈이 검에 더욱 많은 진기를 밀어 넣었다.

우우웅! 우우우웅!

청강검이 괴롭다는 듯이 울어댔다.

부르르르! 부르르르!

요란하게 흔들리는 검첨 위의 검기가 더욱 강해졌다. 가느다랗게 검기의 두께가 굵게 바뀌었다. 그 두께와 길이가 쑥쑥 자라났다.

"검사다."

"정말 멋지다."

"대공자가 저렇게 강한 사람이었을 줄이야."

사람들이 검사를 보면서 황홀한 표정을 지었다.

가족들이 외면하는 천도훈은 천류문에서 외톨이나 마찬가지였다. 혼자서 시간을 보내는 천도훈의 무위는 동생인 천명훈보다 못하다고 알려졌다.

제대로 배운 무공이 겨우 강호무림의 이급 수준의 청명심법과 청명검법이기 때문이었다.

'대체 무슨 일이 있었던 겁니까?'

양의지는 천도훈의 모습에 의문을 느꼈다.

형편없는 실력이라고 예상했던 천도훈이 놀라운 무위를 보여 주고 있었다.

그리고 이것이 끝이 아니었다.

고오오오! 고오오오!

장내의 공기가 천도훈의 수중에 들린 검을 타고 휘감아 돌았다. 묵직한 울림을 떨치고 있는 검 위에서 검사가 불타오르듯 환하게 번쩍거렸다.

반짝! 반짝!

검 위에 서린 유형의 기운에서 영롱한 빛이 반짝였다.

서늘하면서도 따뜻한 빛이었다.

그걸 본 양의지의 눈이 찢어질 듯이 커졌다.

"검강이다."

"화경의 경지야."

강력한 기운을 간직한 검강의 등장에 주변이 시끄러워졌다. 무인들이라면 강기의 아름다움에 홀릴 수밖에 없었다.

그동안 무시했던 대공자 천도훈이 무려 화경에 달한 고수였다.

천류문의 사람들이 천도훈을 무시한 것이 아니었다. 바로 천도훈이 천류문의 모든 사람들을 외면한 것이었다.

만약 천일해가 죽지 않았다면 천도훈은 그 능력을 드러내지 않았으리라!

천도훈은 그저 조용하게 천류문에서 사라질 생각이었다.

여전히 그 생각이 바뀌지는 않았다.

단 천일해를 죽인 산적들을 처리하고, 천류문이 제대로 돌아가기까지 지켜봐 줄 생각이었다.

천도훈은 그것이 아버지에 대한 도리라고 생각했다.

"나는 약한 떨거지들을 데리고도 능히 산적들을 척살할 정도로 강하다."

천도훈은 오만하게 외쳤다.

하지만 그 오만은 실력이 뒷받침된 자신감이었다.

조금 전에 들었다면 얼굴을 찡그렸을 천류문의 무인들 얼굴에 미소가 어렸다. 화경의 천도훈은 오만할 자격이 충분했다.

“내가 시기를 만들 수 있다는 걸 인정하는가?”

“인정합니다.”

양의지가 고개를 끄덕였다.

“준비가 끝나는 대로 출정하겠다.”

“따르겠습니다.”

양의지가 고분고분 행동했다.

비리비리하게 서 있던 무인들이 몸에 힘을 줘서 서 있었다. 화경의 고수와 함께 산적들을 처치할 수 있다는 자신감이 넘쳤다.

“아버지 장례식은 산적들의 수급을 들고 온 다음에 치르겠습니다.”

천도훈이 조나경을 바라보며 말했다.

“알았다.”

고개를 끄덕거렸지만 조나경은 복잡한 눈빛으로 천도훈을 살폈다.

그녀는 자신의 배로 난 천명훈을 문주로 만들기 위해 천도훈에게 모진 짓을 많이 벌였다.

예전에는 그녀가 우위에 있었지만, 이젠 상황이 완전히 뒤바뀌었다.

조나경의 편을 들던 사람들이 천도훈에게 맹목적인 호의

를 보이고 있었다. 강력한 무력이 그걸 가능하게 만들었다.

"빨리 움직여. 무기고에서 비수를 비롯한 각자 필요한 무기들을 챙겨라."

"만약을 대비해서 해독제들도 있어야 합니다."

"다칠 경우를 대비해서 금창약도 넉넉하게 준비해."

양의지의 지시 아래 사람들이 바쁘게 움직였다.

시장바닥처럼 시끄럽고 어수선한 가운데 점점 출정의 준비가 되어갔다. 싸우러 가는 사람들의 표정에는 두려움이 없었다.

"화경의 고수와 함께하는 길이야."

"흥! 산적 놈들 다 죽었어."

"깨끗하게 쓸어버리자고."

사람들이 연신 힐끔힐끔 천도훈을 살폈다.

같은 편이라는 사실만으로도 사기가 올랐다.

화경의 고수는 좀 과장되게 표현하면 소규모 무관인 천류문의 무인들에게 있어 무적이라 할 수 있었다.

허접한 실력의 무인들로는 화경의 무인과 상대가 안 된다. 많은 머릿수로 들이밀어도 시체만 잔뜩 양산할 뿐이었다.

천류문의 절체절명의 위기 순간, 화경의 고수가 탄생했다.

이제 산적들과 한판 거하게 붙을 때였다.

"출정 준비 완료됐습니다."

"출진!"

천도훈이 성큼성큼 앞으로 나아갔다.

"천일해 문주님의 복수를 하러 가자."

양의지가 소리쳤다.

"와아아! 가자."

"대공자의 앞길을 막아설 산적 놈들은 없다."

씩씩하게 걸음을 내딛는 사람들의 사기가 드높았다.

연무장을 빠져나가는 천도훈과 사람들을 조나경의 복잡한 눈빛으로 배웅했다.

"엄마! 오라버니와 아저씨들 무사히 돌아오시겠지."

천소연이 걱정스럽게 멀어져 가는 사람들을 살폈다.

아직 어린 그녀는 세상의 복잡한 사정을 알지 못했다.

"천류문의 무리가 산채를 향해 다가오고 있습니다."

"수는?"

"서른여 명입니다."

격암채의 산적들이 천류문의 움직임을 사전에 알아냈다.

천류문에서 천도훈과 사람들이 나서고 빠르게 정보원의 소식이 전해졌다. 산채 아래 시중에는 많은 정보원들이 활동했다. 악랄하고 불법적인 일을 하는 산적들에게 있어 정보가 무척이나 중요하였다.

"미친놈들이군."

강한 힘이 느껴지는 목소리가 울렸다.

격암채주 배강빈이 호피의자에 앉아서 어처구니없다는 표정을 지었다.

"죽으려고 환장한 놈들입니다."

"그따위 놈들 너희들이 처리해라."

격암채를 녹림칠십이채에 들도록 만들기 위해, 부단히 노력 중인 배강빈은 자신이 나설 필요를 느끼지 못했다.

두 자루의 도끼를 사용하는 배강빈의 무위는 충분히 녹림칠십이채주에 들어갈 정도였다. 하지만 안타깝게도 격암채의 규모와 부하들의 실력이 떨어졌다.

배강빈은 격암채의 규모를 키우기 위해 주거지를 옮겨왔다.

그것이 천일해의 사망으로 이어졌다.

"천둥벌거숭이들을 종이 쪼가리처럼 찢어버리겠습니다."

부채주 평호성이 입술을 씰룩거리면서 비릿하게 웃었다.

"애들아! 손님 오신다. 맞이하러 가자."

"예이."

평호성을 필두로 한 산적들이 희희낙락 웃으며 나갔다.

산채를 찾는 손님들은 모두 돈이 됐다.

손님맞이는 산적들에게 참으로 신 나는 일이었다.

"작살을 내 주자."

"머리통을 누가 많이 부수는 지 내기합시다."

사람을 죽이는데 이골이 난 산적들이었다.

우르르 밖으로 나가는 산적들의 숫자가 백 명에 육박했다.

그그그! 그그그!

산채의 문이 양쪽으로 활짝 열렸다.

줄줄이 밖으로 나온 그들의 눈에 이제 막 산채 앞에 도착한 천도훈 일행이 보였다.

"단숨에 박살 낸다."

천도훈이 양의지를 바라보며 지시했다.

"알겠습니다."

"너희들은 산적들이 도망가지 못하게 막기만 해. 그것이면 충분하다."

"저희도 싸우겠습니다."

대공자가 강기를 뿜어내는 화경의 고수지만, 싸움에는 언제나 변수가 존재했다. 만의 하나를 대비하여 양의지도 싸울 준비를 갖췄다.

"어쭙잖은 실력을 가진 주제에 내 말을 거역하지 마라."

천도훈이 매몰차게 이야기했다.

"들었지? 산적들이 빠져나가지 못하도록 포위만 하면 된다."

양의지가 사람들을 넓게 펼쳤다.

천류문 무인들은 싸우지 않아도 된다는 사실에 안도감과 함께 섭섭함을 느꼈다. 죽을 수도 있었지만, 그들도 무인이었다.

“죽기 위해 격암채를 방문한 걸 열렬히 환영한다. 그런데 혼자서 우리를 상대하겠다고? 미쳐도 곱게 미쳐야지.”

평호성이 황당한 표정을 지었다.

산채 앞에서 고작 서른여 명에 불과한 천류문 사람들이 함부로 떠들어 댔다.

천도훈은 복수를 하기 위해 왔다.

걸맞지 않게 산적들과 대화에 빠질 필요가 없었다.

지금 그에게 필요한 건 차디찬 분노를 식혀줄 수 있는 피와 수급이었다.

팟!

천도훈이 땅을 박차고 한 마리 새처럼 허공으로 날아올랐다.

차아앙!

검집에서 청강검이 뽑히며 청아한 쇳소리를 일으켰다.

쾌속한 발검술과 함께 검기가 쭉 일어났다.

서걱!

황당한 표정을 짓던 평호성의 얼굴이 그대로 잘려나갔다.

파파팟! 파파팟!

수십 가닥의 검기가 폭죽처럼 튀어나와 산적들을 향해 쏟아졌다. 날카로움을 드러난 검기들이 득달같이 산적들을 찾아갔다.

서거거! 스걱!

스으걱! 석!

절삭 음들이 연달아서 울렸다.

"아아악!"

"으악!"

"켁!"

산적들이 단발마의 비명을 토하면서 쓰러졌다.

그들은 검기에 의해 저마다 처참하게 목숨을 잃었다. 산산조각이 난 시체들은 어떻게 죽는지도 모르고 세상을 하직했다.

푸확! 푸화확!

주르륵! 주르륵!

잘린 시체 조각들에서 붉은 피가 마구 솟구쳤다. 시체들이 땅바닥에 널브러지고 있을 때, 천도훈이 군집한 산적들 사이로 떨어졌다.

"죽여."

"지금이야. 사방에서 놈을 작살내자."

십여 명의 떼죽음을 당한 뒤에야 무슨 일이 벌어졌는지 인지한 산적들이 천도훈을 향해 무기를 휘둘렀다.

휘이익! 휘익!

병장기들이 예리하게 허공을 갈랐다.

사방에서 쏟아지는 무기들이 금방이라도 천도훈의 몸에 작렬하려고 했다.

카아아! 카아아!

청강검이 포효하며 사방으로 휘몰아쳤다.

검첨 위에서 검기들이 줄기줄기 뿜어졌다.

서걱! 서걱!

스걱! 스걱!

검기는 진로를 가로막는 무기를 절단했고, 사람이 있으면 사람을 잘랐다. 검기 앞에서 흉흉하게 달려들던 산적들은 그대로 시체가 되었다.

푸화확! 푸확!

천도훈은 허공에 쏟아지는 핏물을 피하지 않았다.

그대로 핏물을 몸에 뒤집어썼다.

뚝! 뚝!

그의 온몸에서 붉은 피가 빗물처럼 땅으로 흘러내렸다.

천도훈의 몸에 난 상처가 아니라 모두 죽은 자들의 피였다.

청강검에 의해 삽시간에 서른 명이 넘는 산적들이 도륙당했다. 아직 남아 있는 산적들이 많았지만, 더 이상 버틸 여력이 없었다.

천도훈의 앞에서는 사나운 산적들도 그저 양 떼에 불과했다. 양 떼가 아무리 많이 모여도 사나운 늑대에게 사냥만 당한다.

그리고 피를 본 늑대는 여전히 배가 고픈 차갑고 살벌한 표정이었다.

“감당할 수 없어. 도망치자.”

“살성이다.”

속수무책으로 당하는 산적들이 산채 안으로 뛰어들어갔다. 일부는 산채가 아닌 산속으로 달려갔다.

떨어진 곳에서 싸움, 아니 일방적인 학살을 지켜보고 있던 양의지였다.

“산적들이 달아나지 못하도록 막아라.”

“알겠습니다.”

“구태여 이기려고 하지 마라. 대공자가 올 때까지 버티기만 하면 된다.”

양의지가 적절하게 지시했다.

천류문의 살림꾼답게 전장을 통제하는 데도 참으로 알뜰했다. 무리하게 산적을 죽이려고 하다가는 반대로 천류문 무인들이 죽을 수 있었다.

혈인이 된 그가 살아남은 산적들을 향해 성큼성큼 걸어나갔다. 단순한 걸음이었지만, 발의 용천혈에서 나온 진기가 땅을 밀어냈기 때문에 천도훈이 앞으로 쭉쭉 나아갔다.

"비켜."

산적이 도끼를 흉흉하게 휘두르면서 외쳤다.

"웃기는 소리."

"네놈은 여기에서 죽는다."

천류문 두 명의 무인이 좌우에서 산적을 맞이했다.

협공하는 그들이 무리하지 않고 시간만 끌었다.

황급히 울창한 숲 속으로 몸을 숨기려고 하던 산적의 얼굴에 다급함이 어렸다.

"머리통을 부숴 주마."

머뭇거리던 산적이 살벌하게 외치면서 천류문 무인들을 죽이려고 했다.

"흥! 네놈의 머리나 걱정해라."

"어리석은 놈아! 뒤를 돌아봐라."

천류문 무인들의 얼굴에는 여유로움이 가득 넘쳤다.

"헉!"

고개를 돌린 산적의 얼굴이 새하얗게 질렸다.

스윽!

주르륵 땅을 스치면서 도달한 천도훈이었다.

"안 돼!"

천도훈이 시끄럽게 떠드는 산적의 수급을 날려 버렸다.

쿵!

머리를 잃어버린 몸뚱어리가 땅바닥에 거칠게 쓰러졌다.

스윽! 슥!

천도훈이 도망치고 있는 산적들의 옆으로 그림자처럼 솟아났다. 그럴 때마다 산적들의 머리가 뭉텅뭉텅 잘려나갔다.

달아나려고 했던 산적들이 천도훈에 의해서 모두 죽었다.

양의지의 적절한 통제에 따른 천류문 무인들의 움직임도 나쁘지 않았다.

슥! 스윽!

천도훈이 소맷자락으로 얼굴에 붙은 피를 닦아냈다.

"괜찮으십니까?"

양의지가 혹시라도 상처가 있는지 걱정스러운 눈빛으로 천도훈을 살폈다. 피로 목욕을 한 천도훈의 움직임이 너무 빨랐기에 제대로 보지 못했다. 학살 도중, 미처 눈에 담지 못한 부분도 많았다.

"산채로 들어간다."

걱정을 깔끔하게 무시한 천도훈이 짧게 말하고는 활짝 열린 산채를 향해 나아갔다. 성큼성큼 나아가는 그의 등 뒤로 양의지를 비롯한 사람들이 뒤따랐다.

“모두 죽이실 생각이십니까?”

양의지가 조심스럽게 이야기했다.

“피에는 피로 갚아 주는 것이 나의 덕이다.”

산채의 산적들을 모두 죽이겠다는 이야기였다.

“학살로 비칠 수 있습니다.”

양의지는 외부의 시선이 걱정됐다.

분명의 대의명분은 천류문에게 있었다.

친부를 잃은 천도훈의 복수행에 강호인들이라면 모두 지지를 보낸다. 하지만 그것이 정도를 넘어서게 되면 지지가 아닌 지탄을 받는다.

산적들이라고 해서 모두 나쁘기만 한 건 아니다.

배고픈 현실에서 벗어나기 위해, 누명을 쓰고 어쩔 수 없이 산에 들어온 사람들도 있었다. 산적들 가운데에는 선량한 마음을 가진 착한 자들도 존재했다.

“신경 쓰지 않는다.”

천도훈에게 적은 단지 살아 있는 표적일 뿐이다.

적들을 아군의 생명과 같은 무게라고 혼동해선 안 된다.

칼을 뽑으면 인정사정이 없었다.

“문제가 심각해질지도 모릅니다.”

슥!

천도훈이 양의지를 똑바로 바라보며 패기 어린 말을 내뱉었다.

“심각해지면 칼로 잘라내면 그만이다.”

그는 외부의 시선 때문에 피해를 보는 건 사양이었다.

잘못한 자들이 있으면 칼로 응징한다.

어렵고 힘들게 사는 건 천도훈에게 맞지 않았다.

그가 양보를 했던 건 오직 가족들뿐이었다.

사실 돌아가신 친모의 눈물을 떠올리지 않았다면 그 양보도 하지 않았을지 몰랐다.

‘대공자는 패도를 걷는 자다. 꿋꿋하게 걷는다면 일대를 호령할 패웅으로 성장한다. 하지만 쓰러진다면 피를 탐한 살인마로 기록될 것이다.’

천도훈의 진심을 깨달은 양의지의 눈동자가 요란하게 흔들렸다.

부르르! 부르르!

앞으로 펼쳐질 일들에 대해 상상한 양의지가 몸을 가볍게 떨었다.

만약 천도훈이 살인마로 낙인찍히는 상황이 오면 천류문은 강호무림에서 지워질 수도 있었다.

패도를 걷는 자는 주변의 재앙거리다.

필연적으로 많은 피를 일으키기 때문이었다.

'다행이라면 대공자의 칼이 천류문을 향해 돌려지지 않았다는 사실이다.'

양의지가 그나마 안도하는 부분이었다.

사실 그동안 천류문과 가족들이 한 행태를 보면 천도훈이 화를 내도 무방했다.

하지만 천도훈은 꿋꿋하게 참았다.

패도를 걷지만, 정이 있는 사람은 결코 피에 미친 살인마가 되지 않는다.

'차갑지만 따뜻한 속정은 있는 분이야.'

양의지는 천도훈을 오해했었다.

'대공자께서 가시는 길을 따르겠습니다.'

양의지는 천도훈을 마음의 주군으로 받아들였다.

학살로 인해 적지 않은 문제가 일어나겠지만, 그건 아랫사람인 그가 감내해야 하는 몫이었다. 윗사람의 허물을 덮을 줄 알아야 유능한 아랫사람이다. 천류문의 살림꾼으로 살아온 양의지는 누구보다 그런 사실을 잘 알았다.

"빨리 끝내고 돌아간다."

천도훈의 목소리가 잔잔하게 울렸다.

작은 목소리였지만 천류문의 사람들은 모두 생생하게 들었다. 그들의 눈에 검을 아래로 늘어뜨리고 있는 천도훈의 모습이 어떤 존재보다도 거대해 보였다.

저벅! 저벅!

성큼성큼 걷던 천도훈이 청강검을 하늘 위로 들어 올렸다.

우우웅! 우우우웅!

걷잡을 수 없을 정도로 막대한 진기가 유입되자, 청강검이 울부짖었다.

쑥!

성인 남자의 키만 한 덩치 큰 검강이 모습을 드러냈다. 영롱하게 빛나는 검강이 강렬한 위압감을 뿜어댔다.

"오오오오!"

"대공자께서 검강을 일으키셨다."

천류문 사람들이 환호했다.

아름답고 강한 검강의 위력이 그들의 마음을 즐겁게 만들었다. 아름다운 만큼 위험한 검강이지만 같은 편이라는 사실만으로 충분했다.

하지만 반대편에게 악몽이었다.

산채 내부에서 산적들이 허둥지둥 움직이고 있었다.

"화경의 고수다."

"제발 살려 주십시오."

입을 떡 하니 벌리고 있는 산적이 있었고, 땅바닥에 부복하며 고개를 조아리는 산적도 보였다.

산적들의 움직임도 천도훈은 별로 신경 쓰지 않았다.

"가라!"

천도훈이 말과 함께 청강검을 아래로 내리그었다.

청강검이 앞으로 몸을 숙이자, 검강이 그대로 동작을 따라서 나아갔다.

휘이익!

검강이 영롱한 빛을 뿌리며 날아갔다.

콰아앙!

폭음이 터졌다.

산채를 둘러싸고 있던 울타리가 박살 났다. 산산이 조각난 통나무와 돌덩어리들이 사방으로 비산하였다.

"크아악!"

"아악!"

"케에액!"

비명 소리가 연달아서 터졌다.

울타리를 박살 낸 검강이 산채 내부에서 강렬한 폭발을 일으켰기 때문이었다. 위력적인 검강이 터지자, 주변에 있던 산적들은 떼죽음을 당했다.

"흉악한 살인마다."

"앞으로 착하게 살겠습니다. 살려 주십시오."

학살을 당하고 있는 산적들이 울부짖었다.

"이럴 수가……."

채주인 배강빈이 황당한 표정을 짓고 있었다.

조금 전까지 평화롭던 산채가 일순간 폐허로 바뀌어버렸다. 부하였던 자들도 처참한 모습으로 땅에 널브러져 있었다.

주르륵! 주르륵!

비틀거리는 그의 상체에서 피가 흘러나왔다.

조금 전의 강기 공격에 다친 탓이었다.

휘청거리는 그의 상체에 구멍이 두 개 뚫려 있었다.

"다시 간다."

천도훈이 말했다.

청강감에 다시금 검강이 어렸다.

그 검강의 크기와 두께가 방금 전보다 컸다.

고오오오! 고오오오!

이글이글 타오르는 검강이었다.

검강 주변의 공기들까지 부글부글 끓어올랐다.

"크아아악! 이대로는 죽지 않아."

배강빈이 울부짖으면서 천도훈을 향해 내달렸다.

살아보려고 날뛰었지만, 사실 그도 천도훈에게 도달하지 못할 것이라 예상하고 있었다. 하지만 가만히 앉아서 죽을 수 없었기에 사력을 다했다.

마지막으로 그가 보았던 것은 영롱한 빛무리였다.

콰콰콰콰! 콰콰콰콰!

검강을 온몸으로 맞은 배강빈이 가루가 되어 사라져 갔다.

콰아아앙!

폭음이 일어나면서 산적들이 다시 한 번 잔뜩 죽어 나갔다.

천도훈은 예리하고 넓은 기감으로 산적들이 어디에 있는지 느꼈다. 계속해서 튀어나온 검강이 산적들을 향해 날아갔다.

무시무시한 검강의 앞에서 산적들이 속수무책으로 사라져 갔다. 땅속에 숨어 있으면 그대로 매몰됐고, 집에 있으면 집과 함께 사라졌다.

어디에 있던지 마찬가지였다.

천도훈이 산채 내 산적들을 모두 지워 버렸다.

"전리품들을 획득해. 부친의 영혼을 위로할 산적들의 수급도 챙겨."

천도훈이 명령했다.

"명을 받듭니다."

양의지가 복명하였다.

여기저기 무너진 곳이 많아서 수색하기가 쉽지 않았다. 머리조차 보이지 않을 정도로 처참하게 망가진 시체들도 많았다. 수급이라도 있는 시체들은 그나마 형편이 나은 편이었다.

"정말로 끝내주는 무력이다."

"기똥차다. 대공자의 손속이 잔인하기는 하지만 무위만큼은 내 마음에 쏙 들어."

"그런 소리 하지 마. 대공자께서 들으실 수도 있어."

천류문 사람들이 산채에서 전리품들을 챙기면서 연신 천도훈을 힐끔거렸다.

천도훈은 자신에 대해 떠드는 소리를 가만히 들으며 고고하게 서 있었다.

"일차적으로 전리품 획득을 끝마쳤습니다. 무너진 건물들이 많아서 모두 수색하려면 시간이 더 필요합니다."

양의지가 보고했다.

멀쩡한 건물들의 내부를 샅샅이 조사하자, 패물, 보석, 금자, 은자 등이 뒤섞여 들어 있는 상자를 찾을 수 있었다.

돈이 될 만한 무기들까지 챙겼다.

가난한 천류문의 운영에 많은 도움이 될 전리품들이었다.

"산채를 불태우고 복귀한다."

천도훈이 말했다.

화르륵! 화르륵!

거센 화염이 산채를 뒤덮었다. 불꽃들이 하늘 높이 솟구쳤고, 시체들까지 뒤덮었다. 시체 타는 괴이한 냄새가 진동했다.

산채 밖에는 수급을 잃어버린 시신들이 그대로 있었다.

저벅! 저벅!

천도훈이 시체들을 뒤로하고 나아갔다.

한 명의 사망자도 없이, 천류문의 무인들이 멀쩡한 모습으로 산을 내려갔다.

第八章

천류문

천일해의 시신과 위패 앞에 산적들의 수급들이 줄지어 놓였다. 살벌한 풍경과 함께 천일해의 장례식이 소문주인 천명훈이 무당파에서 돌아오면 치러질 예정이었다.

산적들을 토벌하고 돌아온 천도훈을 천류문 사람들이 반갑게 맞았다. 함께 따라갔던 무인들도 사지 멀쩡하게 귀환했다.

"압도적인 무력을 선보였다."

"우리들이 한 건 아무것도 없다. 대공자께서 홀로 산적들을 쓸어버렸다."

"강기 한 방에 산채가 무너지는 멋진 광경을 잊을 수 가 없어."

천도훈의 가공할 무위를 목격한 사람들이 앞다퉈 떠들어 댔다. 그들이 화경의 고수인 천도훈이 천류문에 존재한다는 사실만으로도 자랑스러워했다.

문파에 대한 자부심과 함께 어깨에 절로 힘이 팍팍 들어갔다.

"대공자께서는 어디에 계시지?"

"좀처럼 볼 수가 없네."

사람들은 자취를 감춘 천도훈을 찾았다.

천도훈의 모습은 천류문에서 보이지 않았다.

사실 천도훈은 천류문 외곽에 있는 대나무 숲의 허름한 거처에서 머물렀다. 그는 따돌림을 당할 때부터 혼자서 생활해 왔다.

단지 천류문에서 먹고 살 수 있도록 쌀과 부식 거리, 옷가지 등을 정기적으로 보내 줬을 뿐이었다. 하지만 그런 지원도 몇 년 전부터 끊겼다. 처음에는 양이 조금씩 줄어드는가 싶더니 결국 완전히 사라졌다.

천도훈을 천류문밖으로 내쫓으려는 조나경의 술책이었다. 당시 조나경은 먹을거리가 떨어진 천도훈이 제 발로 천류문을 나설 것이라고 여겼다. 하지만 천도훈은 자연에서 얻은 식재료로 생식을 했고, 다 떨어져 가는 옷을 입으면서도 버텼다.

그는 그저 대나무 숲에서 수련에만 열중했다.

천도훈이 물질적으로 궁핍한 삶을 사는 걸 천일해는 죽는 순간까지 몰랐다.

양의지도 조나경의 나쁜 술책을 얼마 전에서야 알 수 있었다.

"아직도 대나무 숲에서 거처하시는 건가?"

"설마!"

"아니야. 그동안 대공자님의 가족들이 한 행동을 봐. 방치하고도 남아."

천도훈의 대우에 대해서 사람들이 수군거렸다.

하지만 정작 당사자인 천도훈은 사람들의 시선에 관심이 없었다.

스읍!

반개하고 있는 천도훈이 대나무 숲 한가운데에서 가부좌를 취하고 있었다. 그의 다리 위에는 영혼의 동반자인 청강검이 보였다.

휘이잉! 휘이잉!

바람과 함께 대나무의 진한 향기가 진동했다.

스륵!

천도훈이 눈을 떴다.

순간 칼날처럼 날카로운 이채가 번뜩였다가 사라졌다. 심상 수련을 마친 몸에 활력이 샘솟았다. 하지만 여전히 얼음처럼 차가운 기운이 얼굴에 감돌고 있었다.

"대공자님."

숨을 죽이고 있던 양의지가 조심스럽게 천도훈을 불렀다.

"무슨 일이지?"

"대공자님의 칩거에 사람들이 불안해하고 있습니다."

양의지의 얼굴에는 근심이 넘쳤다.

산적들을 토벌하고 벌써 십 일이 지났다. 그런데 단 한 번도 모습을 보이지 않은 천도훈으로 인해, 천류문의 분위기가 심상치 않았다.

조나경을 욕하는 사람들이 점차 늘어났다.

그들은 조나경이 천도훈에게 한 행태를 잘 알고 있었다.

"훗! 간사한 것이 사람의 마음이로군."

천도훈의 행동은 예나 지금이나 변함이 없었다.

그는 움직임 하나하나 마음을 담기 위해, 천지만물의 근원인 자연과 가까이 지내면서 수련하고 있었다.

"거처만이라도 옮기시는 것이 어떻겠습니까?"

그의 어깨의 책임이 무거웠다.

어떻게든 천도훈의 마음이 천류문에 머물도록 노력하고 있었다.

천도훈은 천류문의 중심이었다.

무인들이 천도훈을 중심으로 뭉치고 있었다.

약한 자들이 강자에게 고개를 조아리는 형국이었다.

대나무 숲에서 칩거하고 있지만 정작 천도훈이 천류문의 권력을 한 손에 움켜잡았다. 잡지 않으려고 하는데도 불구하고 받아달라고 그동안 무시했던 사람들이 난리를 쳤다.

"옮기지 않는다."

예상했던 대답을 들은 양의지의 입가에 씁쓸한 미소가 걸렸다.

천도훈은 사람들에게 마음을 열지 않고 있었다.

북풍한설처럼 차가웠다.

가족들과 천류문의 사람들이 그간 저질렀던 행동 때문이리라!

과거의 잘못된 일들이 불러온 사태였다.

'대공자께서 문주에 등극하시면 만사형통일 텐데…….'

양의지가 속내를 끄집어내지 못했다.

사박! 사박!

나지막한 발자국 소리와 함께 조나경이 모습을 드러냈다.

많은 마음고생을 한 그녀의 안색이 무척이나 창백했다.

"남편이 죽고 이제 세상에는 우리 가족들만 덩그러니 남았다."

그녀가 천도훈의 눈치를 살피면서 조심스럽게 입을 열었다.

"불안하십니까?"

천도훈이 불쑥 말했다.

자신의 속마음을 들킨 조나경의 얼굴이 붉어졌다.

그녀는 매일 밤 걱정으로 인해 잠을 자지 못하고 있었다.

조나경은 누구보다 자신이 한 짓의 잘못을 잘 알고 있었다.

'군림하고 있어.'

천도훈이 천류문을 직접 통치하지 않지만, 사람들의 머리 위에서 군림했다. 실질적으로 가장 높은 신분이 된 것이었다.

천도훈이 작심하면 조나경과 자식들이 쫓겨나는 건 일도 아니었다.

"부디 용서해다오. 욕심에 눈이 먼 내가 모두 잘못한 짓이다. 나만 처벌하고 죄 없는 동생들을 관대하게 봐다오."

털썩!

조나경이 무릎을 꿇고 빌었다.

자식들을 위해서 고개를 조아리고 있는 그녀였다.

이 순간에도 자식들을 걱정하는 그녀의 또 다른 이름은 어머니였다.

주르륵! 주르륵!

그녀의 눈에서 참회의 눈물이 흘러내렸다.

사실 그녀가 무릎을 꿇은 건 사전에 양의지와 상의된 일이었다.

양의지는 그녀에게 알아서 죄를 청하는 편이 본인과 자식들에게 좋다고 조언했다. 천도훈 가족 사이의 불협화음을 빨리 처리해야 모두에게 좋았다.

"변하는 건 없습니다. 장례식의 상주는 천명훈입니다."

"정말로?"

눈물을 흘리던 조나경이 고개를 들었다.

"아버지께서 천명훈을 소문주로 임명하셨습니다. 소문주가 문주가 되어야 자연스럽지요."

천도훈은 문주 자리에 눈곱만치의 욕심도 없었다.

그렇기에 아버지의 뜻을 따라 천류문을 천명훈에게 주었다. 천도훈에게 천류문은 거추장스러운 짐일 뿐이었다.

"너는 어떻게 하려고?"

"천류문이 자리를 잡으면 떠날 겁니다."

천도훈이 말했다.

부르르! 부르르!

조나경이 온몸에 경련을 일으켰다.

그녀는 천도훈을 내치기 위해 많은 못된 짓을 저질렀다.

그런데 아버지의 의지를 따른다고 하지만 천도훈은 용서와 함께 천류문을 천명훈에게 양보하였다.

"안 됩니다."

"천류문을 떠나서는 안 돼! 차라리 네가 문주 자리에 올라서. 우리는 가족이다."

천도훈이 훌쩍 떠난다고는 생각지도 못한 양의지와 조나경이 결사적으로 반대했다.

없던 정이 갑자기 생겨나지는 않는다.

중심인 강자 천도훈이 사라지면 천류문은 사상누각처럼 약해진다. 그런 사실을 약자인 양의지와 조나경은 이번 일을 통해 뼈저리게 깨달았다.

"이미 예정된 일입니다. 언젠가 무도를 위해 떠나갈 겁니다."

천도훈의 결정이 흔들리지 않았다.

그의 무도는 피를 통한 생사결의 대결을 통해 이뤄진다.

"네 동생은 아직 어리고 부족하다. 맏이인 네가 든든하게 있어 줘야 한다."

"어느 곳에서나 무를 수련할 수 있으니, 결코 떠나시면 안 됩니다."

"제 말은 끝났습니다. 그만 모시고 물러나라."

슥!

천도훈이 축객령과 함께 눈을 감았다.

'이런 날을 얼마나 벼르고 별렀던가!'

천도훈은 조나경과 양의지가 매달리는 상황이 귀찮으면서도 완전히 싫어하지만은 않았다. 외롭고 배고플 때 미친 듯이 무공을 수련하면서 보란 듯이 성공하려고 했다.

과거의 꿈이 지금 이루어졌다.

어떤 이유에서든 과거를 뉘우치는 자들의 모습을 보면서, 그의 상처 입었던 마음이 조금이나마 치유됐다. 마음이 정화되면서 진한 즐거움을 느꼈다.

깊은 감동이 그의 마음에서 고고하게 울렸다.

즐거움과 함께 다시금 심상으로 빠져든 그는 세상과 단절하였다.

오롯이 가부좌를 취하고 앉아 있는 그에게 더 이상 양의지와 조나경의 존재감은 없었다.

양의지가 어쩔 수 없이 조나경을 이끌고 대나무 숲을 빠져나갔다.

"이 일을 어쩌지요?"

"아직 시간이 많이 있습니다. 그 시간 동안에 무슨 수를 쓰든지 대공자를 천류문과 함께 지내도록 만들어야 합니다."

"그 방법이 대체 무엇이냐고요?"

"이제부터 생각해 봐야지요."

차가운 천도훈을 접한 조나경은 무척이나 추웠다.

육체가 추운 것이 아니라 마음이 황량했다.

그녀의 얼굴이 딱딱하게 굳어지기 시작했다.

'이럴 줄 알았으면 과거에 잘해 주는 건데…….'

그녀는 후회막심이었다.

뾰족한 방법 없이 숙소로 돌아온 그녀는 그대로 침대 위에 엎어졌다.

"하아!"

그녀의 입에서 땅이 꺼지도록 깊은 한숨이 새어 나왔다. 그녀는 사면초가에 처한 심정이었다. 사방이 얼음벽으로 된 곳에서 그녀는 꽁꽁 얼어붙어 갔다.

"엄마. 기운을 내."

천소연이 안으로 들어서면서 조나경의 눈치를 살폈다. 아버지를 잃어버린 뒤 그녀의 마음도 갈기갈기 찢어졌다. 하지만 더욱 큰 슬픔에 빠진 조나경을 위로하기 위해서 노력하였다.

"이 일을 어떻게 한단 말이냐?"

"무슨 일인지 말해 줘."

"몰라도 된다."

"너무 슬퍼하지 마. 내가 도움이 되어 줄게."

천소연이 조나경의 손을 꼭 잡았다.

서로를 걱정하는 모녀 사이에 따뜻한 체온이 오갔다.

조나경이 천일해의 사망 후 훌륭하게 화경의 고수로 성장한 천도훈에게 죄책감을 지녔다. 차갑게 얼어붙은 천도훈을 상대해야만 했다.

그녀로서는 천도훈의 차가운 마음을 녹일 수 없었다.

하지만 귀엽고 사랑스러운 천소연이라면 가능성이 조금이나마 존재했다.

"도훈이가 걱정이 된다."

"오라버니가?"

"너무나도 차가운 성격이 문제야. 그래서 주변에 사람이 없어."

"시녀들이 얼음 왕자라고 부르더라."

"그래서 말인데 네가 오라버니를 따뜻하게 감싸 줬으면 한다."

"오라버니는 싸늘해서 무서워."

얘기만 들었는데도 천소연이 질색하며 몸을 떨었다.

사실 천소연은 천도훈의 따돌림에 가담하지 않았다.

이미 천도훈은 외톨이가 되어 있었기에 천소연이 나설 필요가 없었다. 천진난만한 천소연 앞에서는 사람들이 천도훈의 외톨이 행태에 대해서 한마디도 하지 않았다.

아무것도 모르는 천소연에게 천도훈은 차가운 이복오빠였다.

"귀엽고 사랑스러운 너만이 할 수 있어."

조나경이 딸에게 막중한 부담감을 주었다.

엄마의 간절한 부탁에 천소연은 결국 고개를 끄덕였다.

"알았어. 오라버니의 얼굴에서 차가운 얼음을 걷어낼게."

"꼭 해내야 한다."

"네."

"대나무 숲에 있으니까 찾아가 보렴."

"지금?"

"당장. 도훈이의 얼어붙은 마음을 가족의 따뜻한 사랑으로 녹여 주려무나."

조나경은 천도훈을 만나러 갈 생각만 해도 잔뜩 겁에 질린 천소연을 내보냈다. 천소연이 천도훈과 힘든 시간을 보낼 것이란 건 불을 보듯 훤했다.

사박! 사박!

천소연이 대나무 숲의 중심에서 천도훈을 발견했다.

천도훈이 무표정한 얼굴을 한 채 고요하게 가부좌를 취하고 있었다.

사색에 빠진 무인을 무턱대고 건드릴 수는 없는 노릇이었다. 무가의 여식답게 그녀는 천도훈이 깨어나기를 가만히 기다렸다.

'차가워.'

무감정한 천도훈의 얼굴을 뚫어지게 바라보는 천소연이었다.

마치 커다란 얼음덩어리 하나가 위치하고 있는 듯했다. 얼음덩어리 천도훈에게서 뿜어져 나오고 있는 냉기어린 위압감이 강렬했다.

'잘 생겼어. 하지만 지나친 차가움이 외모를 죽이고 있네.'

우뚝 솟은 코와 시커먼 눈썹, 한일자로 다문 붉은 입술에서 남성스러운 아름다움이 풍겼다. 그런 잘생긴 외모가 무표정으로 인해 억눌렸다.

스륵!

천도훈이 반개하고 있던 눈을 치켜떴다.

무수히 많은 사념들이 두 눈에서 명멸하며 반짝거렸다.

스팟!

날카로운 안광이 번뜩거렸다가 사라졌다.

"아!"

얼굴을 바라보다 천도훈과 정면으로 눈빛이 마주친 천소연이 놀란 외침을 터트렸다.

딸꾹! 딸꾹!

극도로 긴장한 천소연이 딸꾹질을 했다. 도저히 딸꾹질을 멈출 수가 없었다. 낭패한 지경에 처한 그녀가 계속 해서 딸꾹질을 하면서 어색한 시간을 보내야만 했다.

"죄송해요."

천도훈을 무서워한 그녀가 황급히 고개를 숙였다.

"무슨 일이냐?"

천도훈이 자리에서 일어났다.

"딸꾹! 오라버니의 새 의복을 가지고 왔어요."

여기저기 뜯어진 곳이 있을 정도로 천도훈의 옷은 무척이나 허름했다. 수십 벌의 비단옷을 가지고 있는 천소연은 뜯어진 옷을 수선하지 않고 버렸다.

조나경이 준 비단옷을 그녀가 들고 왔다.

"훗!"

천도훈은 천소연의 뒤에 조나경이 있음을 짐작했다.

직접 나서기 어려우니 어린 천소연을 들이밀고 있었다.

"새 옷으로 갈아입으면 근사하실 거예요."

천소연이 밝은 표정을 지었다.

하지만 소중한 사람을 잃어버린 마음의 허전함이 곳곳에 묻어났다. 아버지 천일해를 여읜 뒤, 그녀는 힘겨운 일을 해야만 했다.

심한 마음고생에 볼살이 빠져 있었다.

천진난만한 소녀가 슬픔을 딛고 성장하고 있었다.

하지만 천도훈은 천소연의 아픔을 다독거려 주지 않았다.

육친을 잃어버린 건 그녀만이 아니었다.

친부 친모를 모두 여읜 천도훈은 이제 고아가 됐다.

"거기 둬라."

천도훈이 말했다.

"어머니께서 시간이 있으면 함께 저녁을 드시자고 하셨어요."

가족 간의 끈끈한 유대감을 만들기 위해 천소연이 노력했다.

"생각 없다."

천도훈이 단칼에 잘랐다.

도저히 파고들 틈이 보이지를 않았다.

"맛있는 음식을 많이 해놓고 어머니가 기다리고 계세요."

"불편한 얼굴을 보면서까지 식사를 하고 싶지 않아."

천도훈이 가감 없이 그대로 마음을 표현했다.

"불편하다고요?"

천소연이 깜짝 놀랐다.

이복오빠와 조나경이 서먹서먹한 사이라는 건 알았지만 서로 불편한지는 몰랐다.

천소연이 이제야 조나경과 천도훈 관계가 어색한지를 이해했다.

휘청!

그녀가 쓰러질 것처럼 흔들렸다.

조나경은 천소연에게 좋은 어머니였지만 천도훈에게는 나쁜 계모였다.

"죄송해요. 어머니를 대신해서 사죄드릴게요."

털썩!

무릎을 꿇은 그녀가 조나경의 잘못을 대신 빌었다.

얼음처럼 차가워져 따뜻한 감정이 보이지 않는 건 모두 조나경의 악행 때문이었다. 고통스러운 시절을 보낸 천도훈은 외부와 담을 쌓아버렸다.

그의 마음속에 들어갈 수 있는 사람이 천류문에는 없었다.

"네 사죄는 필요 없다."

"어머니를 용서해 주세요."

"용서고 뭐고 딱히 생각 없다. 그러니 돌아가서 전해라. 천류문은 내 친모의 손길이 묻어 있는 곳이기에 지켜 준다고! 하지만 그 기간이 그리 길지는 않을 것이다."

포목점, 주점, 푸줏간 등의 점포를 천도훈의 친모가 개설했다. 항상 돈이 없어 힘들어하는 남편 천일해를 위해 그녀가 갖은 고생을 하여 일군 점포들이었다. 천류문을 지탱하게 해주는 밑바탕에는 그녀의 힘이 컸다.

“제발…….”

천소연이 간절하게 청했다.

“수련을 방해하지 말고 가라.”

냉혹한 천도훈의 말에 결국 천소연이 휘청거리면서 걸음을 옮겼다.

뚝! 뚝!

눈물을 떨어뜨리며 걸어가는 그녀가 연신 죄송하다는 말을 내뱉었다.

금방이라도 쓰러질 것처럼 보이는 천소연을 천도훈이 바라보았다.

“진실은 때로 가혹한 법이지.”

천도훈은 천소연의 아픔과 상실감을 어루만져 주지 않았다. 천소연을 떠밀어서 보낸 조나경의 행태를 떠올리면 화가 치밀어 올랐다.

“조금 더 천류문에 머무른다고 해서 손해를 보는 것은 아니지.”

천도훈이 목소리를 낮춰서 중얼거렸다.

일그러지고 창백한 표정의 계모 조나경을 보면 상쾌한 감정이 생겼다. 힘들고 어려운 시기를 거쳐 온 천도훈에게 나름 쏠쏠한 기쁨이었다.

수련하다 말고 비보를 전해 들은 천명훈이 사문의 허락을 받고 돌아왔다. 천명훈이 상주의 위치를 지키자, 미뤄졌던 장례식이 진행됐다.

"삼가 고인의 명복을 빕니다."

"좋은 사람이 갔습니다."

"부디 힘을 내십시오."

조문객들이 잔뜩 찾아왔다.

산채토벌의 소식이 주변에도 퍼졌기 때문에 천류문이 위치가 크게 올라갔다. 평소 천류문을 소규모의 삼급문파라고 업신여기던 사람들까지 방문했다.

삼일 밤낮동안 장례식을 치르는 동안 힘들었지만 천류문 사람들의 사기가 크게 진작됐다.

천류문에 합류하겠다고 말하는 무인들도 종종 있었다.

"천도훈 대공자는 어디에 계십니까?"

"한번 뵙고 싶습니다."

조문객들이 천도훈과 만나기를 원했다.

하지만 천도훈은 조문객들과 일절 만남을 갖지 않았다.

"여기에 오면 천도훈 대공자를 볼 수 있을 거라 생각했는데."

술기운에 불콰하게 달아오른 한 무인이 중얼거렸다.

"격암채를 홀로 무너뜨렸다고 하던데 사실일까?"

“궁금해서 직접 현장을 찾아간 자들이 폐허가 된 격암채를 보고 돌아왔어.”

“장한 일을 해낸 사람이 왜 보이지 않는 거야?”

“이봐! 진정하라고. 이건 소문인데 말이야. 계모가 어린 시절의 대공자를 구박했다고 하더라고.”

“대공자가 곧 천류문을 떠난다는 이야기도 있어.”

천도훈의 존재는 대단한 흥밋거리였다.

일대 사람들 사이에 천도훈에 대한 이야기가 회자됐다. 급기야 조나경이 했던 악행들이 은밀하게 퍼져 나가기 시작했다.

쿵!

술과 음식을 조문객들에게 나르던 여인이 상을 거칠게 내려놓았다.

음식이 사방으로 튀겼다.

“말도 안 되는 이야기를 함부로 떠들지 마세요.”

화가 난 여인이 떠들던 조문객들을 노려보았다.

“미안하오.”

“어이쿠! 가 봐야겠네.”

조문객들이 황급히 자리를 떴다.

천류문에서는 천도훈의 소문을 잠재우기 위해 최선을 다했다. 하지만 상주로 참석하지 않은 천도훈으로 인해 소문이 점점 커져갔다.

천류문의 사람들은 보란 듯이 천도훈을 장례식에 참석시켜 불협화음을 없애려 했다. 하지만 천도훈은 끝까지 모습을 보이지 않았다.

소문은 때로 진실과 무척 가까웠다.

터무니없는 이야기들도 있었지만 진실인 소문도 많았다.

천일해의 시신이 선산에 묻혔다.

그리고 천도훈이 마침내 대나무 숲 밖으로 모습을 드러냈다.

"소문주가 문주의 자리에 오른다. 즉위식 준비하라."

"시간을 두고 천천히 해도 됩니다."

"문주의 자리를 언제까지 공석으로 둘 수는 없다."

"소문주가 문주 자리에 어울리는지 생각해 봐야 합니다."

"맞습니다."

사람들이 반발했다.

문주 자리에 가장 적임자는 바로 천도훈이었다.

"형님께서 문주에 즉위하셔야 합니다."

능력이 부족함을 알고 있는 천명훈까지 거들었다.

무당파에서 고된 수련을 하고 있는 그는 아직 일류고수에도 올라서지 못했다. 강기를 뿌리는 화경의 경지는 그에게 까마득히 높았다.

"생각 없다."

"강한 형님이 문주에 올라야 천류문이 강성해집니다."

"네가 소문주가 되었을 때부터 예정된 즉위식이다."

"맏이인 대공자께서 문주에 오르시는 것이 순리입니다."

"맞습니다. 부디 천류문의 문주 자리에 올라주십시오."

모든 사람이 천도훈의 문주 즉위를 바라고 있었다. 하지만 정작 당사자인 천도훈이 차가운 표정을 짓고 있었다.

"강기를 뿌리는 내게 삼류문파인 천류문이 어울린다고 생각하는가?"

천도훈이 비단이라면 천류문은 다 해진 넝마나 마찬가지였다.

화경의 고수는 어디에 간다고 해도 대우를 받는다.

보잘것없는 천류문에 머무는 것보다 훌쩍 떠나는 편이 천도훈에게는 훨씬 이득이었다.

"모두가 한마음으로 형님의 문주 즉위식을 기다리고 있습니다."

천명훈이 대표로 나섰다.

산적토벌 때 보여 준 무지막지한 무력이 사람들에게 굳은 믿음을 만들어 주었다. 최근 천류문의 포목점과 주점, 벌채 사업이 크게 성장했다. 전보다 사람들이 더 열심히 일하는 탓도 있었다. 또 다른 결정적인 요인으로는 물건을 구매하려는 구매고객이 큰 폭으로 늘어났기 때문이었다.

천류문과 가깝게 지내고 싶어하는 사람들이 많아졌다.

이런 변화의 원인은 모두 천도훈에게 있었다.

“상황에 따라 바뀌는 간사한 마음 따위 인정하지 않는다. 누가 뭐라고 해도 천류문의 문주는 천명훈이다. 그것이 싫다면 천류문은 역사에서 사라진다.”

천도훈이 차가운 시선으로 사람들을 훑어보았다.

어느 누구도 과거의 일로부터 자유롭지 못했다.

조나경이 악행을 저질렀지만 천류문의 고위인사들도 알게 모르게 모두 엮여 있었다. 경중의 차이만 있을 뿐 조나경의 천도훈 쫓아내기 압박정책을 모두 알고 있었다.

작은 문파였기에 모를 수가 없었다.

일방적인 천도훈의 이야기에 천명훈을 비롯한 사람들이 비로소 분위기를 파악했다.

‘이건 계획에 없었는데…….’

천명훈이 양의지를 바라보며 당황한 표정을 지었다.

‘어떻게 해야 하지?’

양의지의 머릿속이 혼란스러웠다.

사실 대전에 모인 사람들은 모두 한통속이었다.

천명훈이 문주자리를 끝까지 거절한 채로 무당파로 복귀한다. 그리고 그 사이에 무슨 수를 쓰든지 천도훈을 문주로 올린다.

하지만 그들의 알량한 계획은 산산조각이 나고 말았다.

"미친한 생각으로 나를 재단하려 하지마라. 너희들은 그저 시키는 대로 하면 그만이다."

"알겠습니다. 문주 자리에 오르겠습니다. 형님! 앞으로 많은 지도 편달 부탁드립니다."

천명훈이 결국 고개를 숙였다.

그는 화경의 고수인 천도훈에게 무공사사를 기대했다.

고수의 한마디는 하수에게 큰 도움이 됐고, 고수와의 대련은 하수에게 피와 살이 된다.

그는 이미 무당파에서 속가제자로 무공을 배우고 있지만, 별다른 성취가 없었다. 무당파에서는 속가제자에게 비전을 전수하지 않았다.

천명훈은 천도훈에게 무공을 배울 수 있다면 당장 무당파에서 뛰쳐나오리라 생각했다.

"귀찮다. 이전처럼 지도 편달은 양의지를 비롯한 다른 자들에게 받도록 해."

천도훈은 그의 부탁을 일언지하에 거절했다.

천명훈은 어머니 조나경의 영향을 받아 천도훈을 무시했다. 소문주에 오르고 난 뒤에는 무시하는 게 더욱 심해졌다.

무당파로 떠나기 전까지 천도훈은 천명훈에게 형 대접을

전혀 받지 못했다.

그렇기에 그가 이제 와서 동생 대우를 받기에는 무리였다.

"내일 문주 즉위식을 치른다."

천도훈이 지시하고는 자리에서 일어났다.

문주 즉위식을 치르기 위해서는 준비가 필요했다.

주변사람들에게 새로운 문주가 즉위를 한다고 이야기를 해야 했고, 천류문과 인연을 맺은 문파들에게도 연락해야 했다.

그런데 바로 내일 치르게 되면 그것이 불가능했다.

여러모로 손색이 생기는 문주 즉위식이었다.

"이 일을 어떻게 해야 합니까?"

졸지에 내일 천류문 문주가 되어야 하는 천명훈이 양의지를 바라보면서 당황했다.

"부족하겠지만 저희들이 알아서 준비하겠습니다. 소문주님께서는 지금 대공자님을 찾아가셔서 이야기를 나누십시오."

"형님이 나를 반길까요?"

"대공자님의 마음을 얻는 것이 중요합니다."

"알겠습니다. 술 한 병 들고서 찾아가겠습니다."

천명훈이 각오를 다졌다.

무당파에서 속가제자로 고생하면서 그의 시야가 많이 넓어졌다. 세상은 넓고 사람 또한 많으며, 천류문이 무척이나 작은 소규모 삼류문파라는 걸 절실하게 깨달았다.

속가제자들 가운데 그보다 배경이 떨어지거나 능력이 부족한 사람들은 단 한 명도 없었다. 그리고 무당파의 직전제자들도 하나같이 뛰어난 능력을 지녔다.

할 일 많은 양의지가 떠나고 천명훈이 홀로 남았다.

"형님의 마음을 어떻게 사로잡아야 하나?"

그가 스스로에게 답을 물으며 고뇌했다.

서먹서먹하다 못해 불편하게 지내왔던 천도훈과 거리를 좁히는 것은 쉽지 않았다. 뾰족한 답이 나오지 않는 와중에 고뇌하는 시간이 점점 길어졌다.

第九章

암흑좌사

가부좌를 한 자세에서 반개하고 있는 천도훈의 머릿속에서 끝없이 양분되는 사념들이 이어졌다. 심상에서 쏟아지는 황홀함 속에 의식과 무의식이 파고들었다.

생각의 물결이 점점 더 거세지고 다변화하면서 흘렀다. 사념들은 이제껏 천도훈이 가보지 못한 부분을 언뜻언뜻 보여줬다.

어지럽게 흩어졌던 생각들이 천도훈의 의지 아래 움직이면서 점점 더 확실해져 갔다. 심상의 체득이 천도훈에게로 확실하게 흘러들었다.

그간 막혔던 부분을 통쾌하게 꿰뚫자, 자연스럽게 쾌감으로 이어졌다. 그리고 만족스러운 결과에 육체가 자연스럽게 반응했다.

씨익!

얼음처럼 무표정하던 얼굴에 미소가 피어났다.

한 점의 꾸밈도 없는 미소가 참으로 멋졌다.

살포시 올라간 입꼬리를 타고 흐르는 미소에는 차가움이 흐르지 않았다.

"아!"

얼음이 풀리던 광경을 목격한 천소연이 부지불식간에 탄성을 터트렸다.

와장창! 와장창!

황홀했던 심상의 세계가 외부의 탄성으로 인해 산산이 깨어졌다. 탄성이 외부와 단절됐던 천도훈의 의식을 다시금 세상으로 돌려보냈다.

스륵!

반개하고 있던 눈꺼풀이 위로 올라갔다.

깊이가 느껴지지 않을 정도로 깊은 무저갱의 검은 눈빛에 수많은 사념들이 명멸했다. 아무것도 보이지 않던 시야에 천소연이 들어왔다.

"……."

천도훈은 침묵했다. 그는 왜 천소연이 왔는지 관심도 없었다.

조금 전에 심상에서 체득하고 느꼈던 사념들을 되돌아보면서 육체에 받아들였다. 육체가 천소연과 같은 공간에 있었지만 정신은 다른 곳에 한쪽 발만 거치고 있었다.

무가의 여식이지만 제대로 수련을 하지 않은 천소연은 자신이 무슨 짓을 저질렀는지 몰랐다.

침묵이 불편한 천소연이 다시금 입을 열었다.

"오라버니, 식사를 준비해 놓았어요."

천소연이 조심스럽게 말했다.

그녀의 통통하던 볼살이 그간 더 빠져 홀쭉해 보였다.

마음고생이 심한 탓이었다.

충격을 먹고 돌아간 이후 그녀는 조나경이 했던 악행을 보다 자세하게 알게 됐다. 들을수록 어처구니가 없어서 쓰러질 지경이었다. 도저히 가족에게 해서는 안 될 짓을 조나경이 저질렀다.

그렇지만 조나경은 그녀의 생모였다.

조나경의 잘못을 씻기 위해서 천소연이 다시금 천도훈을 찾아왔다.

"필요 없다."

"함께 가서 식사해요. 대부분 요리사들이 조리했지만, 음식을 만드는 데 저도 한몫 거들었어요."

천소연의 양 손가락에는 붕대가 매여 있었다.

미천한 실력으로 음식을 만들면서 손가락에 상처를 입은 것이었다.

"생식한다."

천도훈이 말했다.

생활물자가 끊긴 이후로 천도훈은 죽순과 벽곡단 등을 먹으면서 살아왔다. 처음에는 불편했지만 오랜 세월 흐르자 익숙해졌다.

그리고 생식을 하면서 몸의 선천진기가 더욱 활발해졌다. 선천진기의 양이 늘어나면서 무공 수련에 많은 도움이 됐다.

하지만 이제는 생식을 한다고 해도 무위증진에 더 이상 도움이 되지는 않았다. 단지 습관적이 되었기에 계속 생식을 하고 있을 뿐이었다.

"……."

천소연이 울상을 지었다.

가족 구성원의 거리를 좁혀 화목하게 만들기 위한 그녀의 노력이 단번에 물거품이 되어 버렸다.

어지간하면 여동생의 노력을 가상하게 여겨 함께 먹어줄 만 한데, 참으로 고집불통인 천도훈이었다.

"오라버니! 아직도 옷을 갈아입지 않으셨네요? 혹시 치수가 맞지 않나요?"

천소연이 발랄한 음성으로 물었다.

작정하고 온 그녀가 쉽게 물러나지 않고 친근하게 말을 걸었다.

체득한 깨달음들을 모두 갈무리한 천도훈의 정신이 정상으로 돌아왔다.

"주면 무조건 입어야 하나?"

"그건 아니에요."

"알아들었으니 다행이다."

천류문의 누구도 천도훈에게 강요할 수 없었다.

천도훈의 차가운 말에 천소연의 울상이 더욱 심해졌다.

"……."

어색한 침묵이 감돌았다.

며칠 전이었다면 그녀는 바로 지금 눈물을 흘리며 돌아섰을 것이다. 하지만 현재, 천소연은 커다란 눈에 눈물을 글썽거리기는 했지만 용케 꾹 참았다.

그냥 돌아가면 천도훈과 가족들의 사이가 좁혀지지 않는다.

용기를 낸 그녀가 다시금 붉은 입술을 열었다.

"어머니께서 만나 뵙고 싶어 하세요. 집안 문제로 상의할 일이 있다고 해요."

"언제부터 상의를 했다고? 알아서 독단적으로 처리하라고 해."

조나경의 악행에 치를 떨었던 천도훈이 쓴웃음을 지었다.

뚝! 뚝!

울상이던 천소연의 눈에서 기어코 눈물이 흘러내렸다.

주르륵! 주르륵!

펑펑 우는 그녀의 눈빛이 슬펐다.

어깨까지 들썩거리면서 소리 없이 오열하는 그녀가 참으로 애처로웠다.

'가여워.'

자신도 마음이 아프지만 그녀는 차가운 천도훈을 더욱 안쓰럽게 생각했다.

"그래도 가족이라는 사실은 변하지 않아요."

가족의 사랑을 모르고 자란 천도훈이었다.

부모 형제의 사랑을 아낌없이 받고 자란 그녀는 그 따뜻함의 소중함을 뼈저리게 알았다.

사랑은 세상에서 가장 강한 힘을 가졌다.

사랑이 얼어붙은 천도훈의 가슴을 녹일 수 있도록 그녀가 노력했다.

"가족이라고 생각했다면 이렇게 되지도 않았겠지."

"죄송해요."

그녀가 울먹거리면서 사죄했다.

천소연은 조나경의 업보에 대해서 진심으로 미안해하고 있었다. 그녀가 아무 걱정 없이 편안하게 살고 있을 때, 정작 천도훈은 가시밭길 위에서 떨어야만 했다.

"죄송한 줄 알면 하지 마. 그리고 할 말이 있으면 어린 딸을 앞세우지 말고 직접 오라고 전해."

천도훈이 고개를 절레절레 흔들었다.

눈앞에서 질질 짜고 있는 천소연이 마음에 안 들었고, 조나경은 더욱 싫었다.

조나경은 강해진 천도훈과의 인연의 고리가 끊어지는 걸 결코 원하지 않았다. 그녀는 천소연을 이용하면서까지 기어코 천도훈을 천류문에 남기려고 했다.

그렇지 않아도 좋지 않던 감정이 조나경의 악수로 인해 더욱 악화되어갔다. 싸늘한 천도훈의 마음에 파고들 틈이 보이지 않았다.

"추악한 줄 알면 오지도 못하겠지."

천도훈이 자리에서 일어났다.

할 말을 다한 그는 이제 천소연이 무슨 말을 할지 관심이 없었다.

저벅! 저벅!

그는 하늘 높이 쭉쭉 뻗은 대나무 사이로 비추는 햇살을 따라 걸었다. 불쾌했던 기분이 따뜻한 햇볕과 싱그러운 대나무 향에 의해서 흩어져갔다.

기분을 더럽게 만드는 조나경 때문에 계속 분노하면 결국엔 본인의 손해였다. 천도훈은 불쾌했던 감정을 단칼에 끊어버렸다.

일체유심조!

일체가 오직 마음으로 지어진다.

천도훈이 마음과 몸으로 일체유심조를 이행했다.

자처초연!

감정을 끊은 그가 스스로 초연해졌다.

마음과 몸을 다스리는 일은 무인에게 필수적이었다.

저벅! 저벅!

걸음과 함께 천도훈이 감정들을 순식간에 내려놓았다.

그가 참담했던 아픔과 천류문의 태상호법이란 역할 등을 모두 잊어버렸다. 그가 가장 자연과 가까운 무위의 모습으로 돌아가고 있었다.

북해 바다 만장 아래의 얼음처럼 차가운 그의 마음은 지극히 깨끗하여 세속의 번뇌와 망상에 물들지 않았다. 차갑게 응집된 마음이 점점 투명해져 갔다.

저벅! 저벅!

따뜻한 햇볕을 받으며 울창한 대나무 숲으로 들어가는 천도훈의 모습은 장엄했다. 차가운 얼음 위에서 부딪친 햇볕들이 산란하고 있었다.

"저 두꺼운 얼음을 녹이기 위해서는 지극한 마음으로 다가서야 해."

맑은 영혼을 가지고 있는 천소연이 주변의 모든 걸 베어버릴 것 같은 천도훈의 차가움에 진저리치며 안타까워했다.

"오라버니!"

그녀가 뜨겁고 간절하게 천도훈을 불렀다.

하지만 천도훈은 이미 그녀의 시야 밖으로 사라졌다.

하염없이 천도훈이 사라진 곳을 바라보던 그녀는 힘 빠진 걸음으로 되돌아갔다.

그녀가 돌아간 뒤 얼마 후, 조용하던 대마무 숲에 발자국 소리가 들렸다.

"도훈아!"

뾰족한 목소리에 천도훈의 번뇌를 떠나 괴로움이 없던 적정이 흔들렸다. 다시금 천도훈이 세속으로 돌아와야만 했다.

"도훈아!"

조나경이 천도훈을 다시금 불렀다.

슥!

천도훈은 하마터면 검집으로 조나경의 얼굴을 세게 후려칠 뻔했다.

"태상호법."

"뭐라고?"

"태상호법으로 부르십시오. 당신이 내 앞에서 이름을 친근하게 부르기를 원하지 않습니다."

면전에서 대놓고 면박을 주자, 조나경은 얼굴을 딱딱하게 굳혔다. 감출 수 없는 노기가 그 표정에 녹아 있었다. 하지만 그녀는 굳은 표정을 재빨리 풀고는, 분노를 자제하면서 얌전한 모양새를 흉내 냈다.

"상의할 일이 있어서 태상호법이 말한 대로 직접 찾아왔어."

오지 않을 거란 천도훈의 예상과 달리 조나경이 모습을 드러냈다.

'하긴, 원래 이런 여자였지.'

천도훈이 피식 웃었다.

욕심 많은 조나경은 필요한 것이 있으면 악착같이 달려들어서 꼭 챙기려고 했다.

"뭡니까?"

천도훈은 궁금했다.

"명훈이가 하산하겠다고 무당파를 찾아갔잖니?"

"그래서요?"

"명성이 자자한 무당파에서 나오면 무척이나 곤란하지 않겠니?"

"그래서요?"

"네가 도움을 줬으면 한다."

그녀가 불편함을 감수하면서까지 천도훈을 만난 건 모두 천명훈을 위해서였다. 그녀는 나쁘다는 소리를 들어가면서까지 자식이 잘되기를 원했다.

그녀는 천도훈에게는 나쁜 계모였지만 적어도 천명훈에게는 좋은 어머니였다.

"무슨 도움을 말하는 겁니까?"

"네가 명훈이에게 강기를 가르쳐 주면 좋겠다."

조나경의 가당치 않은 요구에 천도훈이 피식 웃었다.

"힘들겠니?"

조나경이 천도훈의 눈치를 살폈다.

강기를 뿌려댈 수 있는 고강한 무공을 천명훈이 배운다면?

천명훈의 앞길이 활짝 펴질 것이다.

천명훈이 직접 이야기를 하지는 않았지만, 그녀는 무당파에서 천명훈이 힘들게 생활했다는 걸 눈치챘다. 제대로 된 무당파 무공을 전수받지 못한 채 하산한다는 것까지 알았다.

뛰어난 무공이 천명훈에게 전해질 수 있다면, 천도훈에게 받는 수모 따위는 얼마든지 견뎌낼 수 있었다.

"전수하면 익힐 수나 있을지 모르겠습니다."

“틀림없이 익힐 수 있어. 기회가 닿지 않아서 그렇지 명훈이는 능력이 있단다.”

“알겠습니다. 강기를 만드는 법을 알려드리지요.”

“고마워. 정말 이 은혜 잊지 않을게.”

조나경의 얼굴에 환희의 물결이 휘몰아쳤다.

그녀의 뇌리에 강기를 뿌리고 있는 천명훈의 자랑스러운 모습이 떠올랐다.

“우선 진기를 가득 뿜어내어 기강을 만듭니다. 그리고 기강을 압축하여 강기를 만들면 됩니다.”

천도훈이 말했다.

참으로 간단하지만 이것이 바로 강기를 만들 수 있는 기본이었다. 관심이 있는 무림인들이라면 모두가 알고 있는 내용이었다.

하지만 안다고 해서 모두가 할 수 있지는 않다.

“그건 네가 보여 준 것의 전부가 아니잖니?”

“제가 말한 것이 전부입니다.”

천도훈의 말은 진실이었다.

천류문과 산적토벌에서 보여준 강기에는 지금 말한 것이 다였다. 순수한 강기만으로 산적을 때려잡았는데, 그 안에는 어떠한 무공도 없었다. 그저 무지막지 휘두른 몽둥이로 개를 때려잡은 것과 진배없었다.

"하지만……."

진실이 아니라고 믿는 조나경이 말을 하려다 말고 말끝을 흐렸다. 부탁하러 왔기에 천도훈의 말에 반발하지 않았다.

"대공자인 네가 뛰어난 무공을 배워서 강기를 만들었으니 참으로 천류문의 홍복이다. 무공의 명칭이 무엇이니?"

조나경이 은근슬쩍 말꼬리를 돌리면서 궁금했던 점을 물었다.

무공의 이름을 알면 천도훈에게 일어난 일을 유추할 수도 있었다.

"알려드릴 수 없습니다."

천도훈이 차갑게 말했다.

그의 무공명은 비밀이었다.

전대 암흑좌사로부터 교주를 만나거나 배교를 다시금 일으킬 때까지 비밀을 지켜야 한다고 세뇌받았다.

천도훈 무공의 근원은 바로 배교에 있었다.

그는 사악하다고 알려진 배교의 무공을 익히는데 일말의 주저도 내비치지 않았다.

외톨이로 전락한 그에게 무공수련은 시간을 보내기 위한 좋은 수단이었다.

"비밀인 모양이구나."

천도훈의 싸늘한 대답에 조나경은 아쉬운 표정을 역력히

드러냈다.

강호에는 비밀스러운 문파와 사승이 있었기에 천도훈도 그런 것이라고 여겼다.

"명훈이에게 무공을 가르쳐 주면 어떻겠니?"

작심한 그녀가 입가에 미소를 띠며 물었다.

"무당파의 소청검법도 제대로 익히지 못한 아이입니다. 그런 아이가 제가 익힌 고절한 무공을 배우겠다니, 말도 안 되는 이야기군요."

"뛰어난 무공을 수련하면 뭐라도 배우는 것이 있을 게다."

"생각 없습니다."

기회가 닿아 알아서 찾아가는 것까지는 말리지 않았지만, 천도훈은 천명훈을 비롯한 천류문의 사람들에게 무공을 가르쳐 줄 생각이 눈곱만치도 없었다.

그리고 그는 근본적으로 천류문의 사람들을 신뢰하지 않았다. 독문무공을 타인에게 함부로 전수했다가 외부로 유출될 수도 있었다.

눈앞의 조수경은 필요하다면 천도훈의 독문무공을 외부에 팔아먹고도 남을 사람이었다.

"다시 한 번 생각해 주면 안 되겠니?"

"설령 세상의 모든 사람들이 제 무공을 배울 수는 있어도 내 가족들은 절대 안 됩니다."

천도훈이 조나경의 얼굴에 대못을 쾅쾅 박았다.

와그작!

지독한 천도훈의 불신을 확인한 조나경의 얼굴이 일그러졌다.

"참으로 지독하구나."

"누굴 바보로 아는 겁니까? 저를 벌레처럼 바라보던 재무당주의 시선이 아직도 기억에 선명합니다. 어린 저에게 했던 말도 잊지 않고 모두 기억하고 있습니다."

"……."

"천류문에 머무르고 있다고 해서 착각하지 마십시오. 당신이 좋아서 있는 것이 결코 아닙니다. 그러니 될 수 있으면 마주치지 말았으면 합니다."

천도훈이 조나경을 아주 깔아뭉갰다.

부르르! 부르르!

조나경이 지독한 모욕감과 수치심, 그리고 불안감 등으로 인해 몸을 경련시켰다.

천도훈은 과거의 작은 소년이 아니었다.

그는 장차 배교를 부흥시켜야 할 막중한 책임을 지고 있는 암흑좌사였다.

배교의 몰락은 마교와 혈교 등의 외부공격 때문이기도 했지만 더 큰 이유는 바로 외부의 분쟁 때문이었다. 배교 교주의 힘이 약화되었을 때, 권력을 차지하기 위해 암흑좌사와 광명우사 간의 거대한 다툼이 벌어졌다.

대등한 암흑좌사와 광명우사의 치열한 충돌로 인해 배교가 뒤흔들렸다. 그 틈을 뚫고 마교와 혈교가 배교와 전쟁을 벌였다.

만약 배교가 제대로 힘을 발휘하였다면 마교와 혈교의 공격에서 절대 지리멸렬하지 않았으리라!

배교의 진정한 힘은 결코 약하지 않았다.

* * *

주술을 활용한 남산서원 이한열의 일대일 수업은 큰 화제가 됐다.

바쁜 이한열이 남산서원에서 수업을 할 수 있는 시간은 적었다. 그렇기에 수업을 듣는 아이들이 원래 다니던 학당이나 서원을 계속 다니도록 시켰다.

"아이들의 성적이 올랐어요."

"성적표를 받으면 한숨만 나왔어요. 그런데 이제는 성적표를 손꼽아 기다려요. 끝에서 놀던 아이가 지금은 위에 있어요."

"위대한 스승 이한열! 참으로 훌륭한 스승님입니다."

이한열의 수업을 듣는 아이들의 성적이 수직으로 상승했다. 일순간 빠르게 치고 내달려 밑바닥에서 상층부로 꿰뚫고 올라갔다.

아이들의 성적 향상은 부모들의 대만족으로 이어졌고, 이한열의 일대일 수업에 대한 인기가 급등했다.

수업을 듣고자 하는 부모와 아이들이 기하급수적으로 늘어났다. 돈을 잔뜩 싸들고 와서 일대일 수업을 들을 수 있게 해달라고 간청하는 이들도 많았다.

아이들을 위한 어머니들의 치맛바람이 더욱 거세졌다.

남산서원은 몰려드는 어머니들로 인해 업무를 보기 힘들 정도까지 내몰렸다. 남산서원에서 일하는 사람들은 즐거운 비명을 내질렀다.

얼마 전까지 새 황제에게 밉보여 어떻게 살아가야 하나 전전긍긍했는데, 새로운 원주 이한열로 인해 이제는 완전히 상황이 뒤바뀌었다.

서원이라고 해도 다 같은 서원이 아니었다.

사람들은 서열 매기는 걸 좋아했고, 서원들에도 서열을 매졌다. 과거 급제와 명망 있는 학사, 교육의 질 등을 따져서 서원들을 줄지어 세웠다.

남산서원은 역사와 전통이 깊지만, 북경의 서원들 가운데 서열로 따지면 그 순위가 높지 않았다. 그저 중간쯤에 위치한 보통일 뿐이었다.

중간에 있던 순위가 이한열의 일대일 수업 이후 십 위 안으로 진입했다. 그리고 남산서원에서 가르치는 학사들의 인기도 덩달아 높아졌다.

"이한열 진사님의 수업을 듣고 싶어요."

"제발 자리 하나 주세요. 우리 아이는 과거에 급제를 해야 하는 삼대독자예요."

"제 아이가 이한열 스승님의 제자가 된다면 돈은 얼마가 들어도 괜찮아요."

치맛자락으로 바람을 거세게 일으킨 어머니들이 자식들을 위해 노력했다. 자식의 성적을 높일 수 있다는 사실에 돈을 아끼지 않았다.

"죄송합니다. 이한열 진사님의 수업에는 더 이상 자리가 없습니다."

그렇다.

기존에 받은 제자들만 가르칠 뿐 바쁜 이한열은 더 이상 제자들을 받아들이지 않았다. 애당초 돈이 목적이 아니었기 때문에 엄청난 수업료를 내겠다고 하는 제안도 모두 거절했다.

이한열은 직접 거절하지 않고 아랫사람들을 시켰다.

그는 골치 아픈 일이나 귀찮은 부분은 모두 아랫사람들에게 전가했다. 놀랍도록 구슬땀을 흘리며 노력하여 윗사람이 된 보람을 마음껏 누렸다.

"자리가 있어!"

"정말?"

"주자소에서 일하는 사람들 가운데 이한열 진사의 수업에 참여할 수 있는 권리를 가진 자들이 있어. 그들에게서 권리를 사면 돼!"

마침내 사람들이 이한열의 수업을 들을 수 있는 방법을 찾아냈다. 자식들이 없거나 집안에 학업에 관심을 가진 아이들이 없는 주자소의 사람들은 추천권을 가지고 있었다.

그런 사람들 가운데 중 한 명이 바로 천대복이었다.

천대복은 자식 없이 부인과 단둘이 가정을 이루고 있었다.

"여보! 어서 오세요."

부인 조지원이 활짝 웃으며 퇴근한 천대복을 맞았다.

고관대작 집 주방에서 일하고 있는 그녀는 요즘 얼굴에 웃음꽃이 잔뜩 피어났다.

"오늘은 일찍 왔군. 그 집에서 이처럼 일찍 보내주다니 별일이구료."

천대복이 말했다.

음식솜씨가 좋은 조지원은 밤까지 요리를 하고 오기 때문에 그보다 늦게 집에 돌아왔다. 천대복이 홀로 집에서 부인을 기다리면서 쓸쓸한 시간을 보내야만 했다.

늙어가는 조지원이 계속 일하는 것을 두고 천대복은 항상 미안한 마음을 가졌다.

"마님께서 일찍 보내주셨어요."

"허허허! 사납고 박정한 마님이 일찍 보내 주다니? 해가 서쪽에서 뜰 일이네."

천대복이 허허로운 웃음을 터트렸다.

그는 고관대작 집에서 월급을 많이 주지 않는다면 예전에 부인에게 그만두라고 했을 것이다. 목구멍이 포도청이라고 부인까지 예전부터 일을 해왔다.

하지만 그런 삶이 언제부터인가 바뀌었다.

바로 이한열이 등장한 날부터였다.

친절한 이한열은 거래처와의 은밀한 거래를 통한 여전히 주자소의 사람들에게 뒷돈을 주고 있었다. 뒷돈을 받게 되면서 천대복의 가정은 돈에 대한 숨통이 트였다.

"이제 일을 그만두고 집에서 쉬시오."

천대복은 결혼하고 나서 고생만 시킨 조지원이 편안한 노년을 보냈으면 하고 바랐다. 못난 남편을 만나 고생만 한 조지원이었다.

"집에서 쉬면 뭐하나요? 그리고 나가서 일하면 재미나요."

"집에서 편하게 쉬어도 괜찮소. 조만간 큰돈을 벌 수도 있는 방법이 있으니까 말이오."

"큰돈이라니요?"

"은인 이한열 진사님께서 주신 남산서원 수업 추천권이 엄청난 금액에 거래가 된다고 하오."

천대복이 환하게 웃었다.

지금까지 추천권을 가지고 있는 주자소의 사람들은 거의 없었다.

대부분 팔거나 자식들에게 넘겨줬다.

그는 주자소의 동료들처럼 추천권을 일찍 팔거나 다른 사람에게 주지 않았다. 그랬던 추천권이 지금 황금알을 낳는 거위가 됐다.

"그렇지 않아도 그것 때문에 드릴 말씀이 있어요."

"무엇이오?"

"마님께서 추천권을 사고 싶다고 하세요."

"흣! 독한 심성의 마님께서 일찍 보내신 이유가 있었군."

"마님이 무조건 사시겠데요. 첫째 공자님을 이한열 진사님께 맡길 수 있게 이야기를 부탁한다고 했어요."

"음! 시간을 두고 지켜봅시다."

천대복은 여유를 가졌다.

수요는 많지만 공급이 거의 없었기에 시간이 지날수록 추천권의 가격이 올라가고 있었다.

"마님께서 빨리 사고 싶다고 하셨어요."

"급한 건 그쪽이지 우리가 아니오."

"그래도……."

"이번 기회에 그 마님도 마음고생을 해 보라고 하시오."

"마님이 뭐라고 하면 어떻게 하지요?"

"한마디만 해도 당장 그 집에서 일을 그만두고 나오시오. 그 마님 아니라고 해도 추천권을 사려고 하는 사람들은 많소. 그리고 추천권을 팔면 더 이상 구박받으면서 일할 필요는 더욱 없소이다. 이제 우리도 떵떵거리면서 살아봅시다."

걱정하는 조지원을 보며 천대복이 강하게 이야기했다.

배시시!

강하게 말하는 천대복을 보면서 조지원이 환하게 웃었다. 자신감 넘치는 천대복의 모습이 너무나도 사랑스러웠다.

"사랑해요."

그녀가 얼굴에 홍조를 띠면서 작게 소곤거렸다.

"험! 험! 나도 사랑하오."

천대복이 쑥스러워하면서 이야기를 한 뒤, 조지원을 강하게 끌어안았다.

따뜻하고 포근한 사랑의 분위기로 실내가 후끈 달아올랐다.

* * *

"무림의 동태가 심상치 않아."

주수선의 얼굴에는 걱정하는 빛이 역력했다.

정파세력이 득세하고 있는 무림에 대규모 지각변동이 벌어지고 있었다.

무림에서 일어나는 변화를 동창과 서창을 비롯한 정보기

관들이 심각하게 받아들였고, 그 보고서가 주수선에게 전달됐다.

"숨죽이고 있던 사마외도의 무리들이 정파에 대항하려고 혈안이 되어 있다고 알고 있습니다."

무협소설 파천마제가 도화선이 되었다는 사실을 알고 있는 이한열도 무림의 변화에 촉각을 곤두세우고 있었다.

그는 전율을 느끼고 있었다.

'내가 쓴 소설로 인해 무림이 크게 요동치고 있다니? 참으로 재미난 일이야.'

동창에서 일하고 있기에 이한열은 무림의 변화와 정총에서 파견된 세작들이 북경에서 자신을 찾아내기 위해 혈안이 되어 있다는 사실을 잘 알았다.

정총은 소유서생을 찾아내기 위해 안간힘을 썼다.

그럴수록 이한열은 은인자중하면서 황실에서 여유로운 시간을 보냈다.

"이한열!"

"예, 군주 마마."

"무림이 혼란스러우면 앞으로 어떻게 될까?"

"정사마 사이에 다툼이 벌어지면서 커다란 분쟁이 벌어질 것이라 사료됩니다."

"만리장성 너머 이민족들이 몰려오고 있어. 무림에서 큰 분쟁이 터지면 곤란해."

"옳으신 말씀이옵니다."

"무림인들을 믿을 수가 없지만 그들도 백성이라는 사실은 변함이 없지."

황실과 강호를 두고 강물과 바닷물은 서로 침범하지 않는다는 말이 있지만 그건 단지 표현에 불과하다. 이민족들의 침입으로 나라가 뒤흔들리면 강호의 무인들도 전쟁에 뛰어든다.

이가 없으면 잇몸이 시린 법!

이민족이 중원을 지배하면 한족들은 모두 고통받는다.

이민족들에게 지배당하는 참상은 실로 표현하기가 힘들 정도였다.

한족의 나라가 아닌 이민족들의 나라가 들어서는 걸 중원 무림인들도 결코 원하지 않았다.

"이한열!"

"네, 군주 마마."

"무림에 출사해."

"……."

갑작스러운 말에 이한열이 말문이 막혔다.

한동안 침묵하던 그가 겨우 정신을 수습하고 입을 열었다.

"갑자기 무림이라니요?"

"무림에 출사하여 혼란스러운 강호를 정돈시켜."

"저는 황궁 관리입니다만……."

이한열이 은근히 주수선의 지시를 거부하려고 했다.

하지만 그런 시도는 씨알도 먹히지 않았다.

"황궁 관리는 무림에 출사하지 못한다더냐? 그런 식이면 무림인은 황궁에 들어오지도 못하겠네?"

주수선이 단숨에 이한열의 저항을 짓뭉갰다.

광궁 관리들 가운데에는 무림과 밀접한 관계를 가지고 있는 자들이 적지 않았다. 그리고 무림문파에서도 소속제자들을 황궁에 집어넣기 위해 많은 공을 기울였다.

"저 말고도 할 사람이 많잖습니까?"

이한열이 대놓고 싫다는 표정을 지었다.

황궁의 관리로서 자리를 잡은 지 얼마나 되었다고 강호에 나가겠는가?

이제야 비로소 북경에서 남들의 존경을 받으면서 떵떵거리며 살아갈 수 있었다.

이한열은 북경의 안락하고 부귀한 삶을 버리고 강호에 나가기는 정말 싫었다.

"네가 적임자야."

"군주 마마! 재고해 주십시오."

"닥치고 까라면 까! 억울하면 역모를 일으켜서 네가 황제를 하던지."

"끄응!"

막 나가는 확고부동한 주수선을 보며 이한열이 앓는 소리를 내뱉었다.

"청천장에 무인들을 받아들여."

"청천장은 무림문파라기보다 그냥 암흑가의 무뢰배들이 모인 조직일 뿐입니다."

"원래 그러면서 크는 거야. 드러나지 않은 황궁 고수들도 지원해 줄 테니까 청천장을 팍팍 키워봐."

강압에 의해 이한열이 강호 출사를 해야만 한다는 사실을 깨달았다.

하루아침에 나온 즉흥적인 계획이 아니었다.

황궁 고수들의 지원을 받으면 청천장은 단숨에 대단한 문파로 거듭난다.

"군주 마마! 그러면 저는 관리를 그만둬야 하는 겁니까?"

"왜 그만둬? 관리 하면서 강호인 하면 돼."

"다행이로군요."

이한열이 속으로 안도의 한숨을 내쉬었다.

"탐관오리들은 관리를 하면서 강호의 역도들과 함께 음모를 꾸미잖아. 비리를 잔뜩 저지른 탐관오리, 너에게 딱 맞는 역할이지?"

주수선이 웃으며 말했다.

그녀는 서창의 보고로 인해 이한열이 저지른 비리에 대해서 소상하게 알고 있었다.

"끄응!"

이한열이 앓는 소리를 내뱉었다.

"이한열!"

"네, 군주 마마!"

"너에게 명을 내린다. 강호에 나가 어지러운 강호를 평정해!"

"군주 마마의 명을 받듭니다."

이한열이 머리를 조아렸다.

'하아!'

몸을 굽힌 이한열의 얼굴이 잔뜩 구겨져 있었다.

第十章

진사무림

進士武林

“와아! 이제 시작하려나 보다.”

북경 북부의 산지의 한 곳인 악록산의 서쪽 입구 공터에는 많은 사람들이 모여 있었다.

저벅! 저벅!

두 사람이 공터 한가운데로 걸어 나왔다.

“남궁세가의 무인과 비무를 할 수 있게 된 것을 영광으로 생각하오.”

구레나룻과 턱수염이 무성하게 난 중년인이 정중하게 포권했다.

“망월참검과 검을 나누게 되어 참으로 기쁩니다.”

남궁반현이 부드럽게 웃었다.

남궁세가의 방계인 그가 장사에 일이 있어 왔다가 낭인검객인 망월참검의 비무를 받아들였다. 일류 수준의 망월참검 동곽교가 무려 세 번이나 간곡하게 청한 뒤에서야 남궁방현에게 비무의 허락을 구할 수 있었다.

동곽교가 뜨거운 눈빛으로 남궁반현을 바라보았다.

호전적인 기세를 잔뜩 드러내고 있는 그의 눈빛이 사나웠다. 체계적으로 무공을 배우지 못한 동곽교가 이번 비무를 통해 많은 깨우침을 얻기를 원했다.

늦은 나이에 망월참검법을 접한 동곽교는 각고의 노력 끝에 일류의 수준에 올랐다. 칠 년 전 일류에 올랐지만, 아직도 절정의 수준은 까마득하니 멀었다.

절정으로 올라서기 위해 동곽교는 수많은 비무를 벌이고 있었다.

"가겠소."

동곽교가 허리춤에서 검을 뽑아들었다.

"오시지요."

남궁반현도 검을 손에 잡았다.

사나운 기세를 풍기는 동곽교와 달리 가만히 검을 늘어뜨리고 있는 남궁반현의 자세에는 여유로움이 넘쳤다.

남궁세가의 방계인 남궁반현은 어릴 때부터 남궁세가의 체계적인 가르침을 받아왔다. 그 결과 절정고수의 반열에 오를 수 있었다.

"합!"

기합성과 함께 동곽교가 남궁반현의 옆구리를 노렸다.

베고야 말겠다는 사나운 기세가 검에 그대로 녹아 있었다. 순식간에 거리를 좁힌 검이 금방이라도 옆구리를 가를 것처럼 보였다.

스읍!

위태로워 보였지만 남궁반현이 여유롭게 검을 찔러 넣었다.

채앵!

금속성 소리가 날카롭게 울렸다.

망월참검의 투로에 남궁반현이 검을 찔러 넣었기 때문이었다.

뒤늦게 나아가지만 능히 먼저 움직인 공격을 제압한다는 후발선제의 묘리였다. 단순해 보이는 동작이었지만 고급스러운 이치가 녹아들어 있었다.

휘익!

검이 부딪쳤을 때 발생한 충격을 이용해서 동곽교가 몸을 회전시켰다. 수많은 비무를 통해 축적된 경험이 잘 발휘됐다.

"섬전단월!"

동곽교의 외침과 함께 검이 사납게 날뛰었다.

매서운 검풍이 휘몰아쳤다.

채앵! 챙!

남궁반현이 검풍 사이의 길을 따라 검을 가볍게 그었다.

사납던 검풍이 미풍이 되어서 사라졌다.

공격을 무위로 만드는 남궁반현의 움직임이 너무나도 여유로웠다.

"절삭노도! 칠월풍뢰!"

남궁반현에게 바짝 다가선 동곽교가 첫 번째 초식을 펼쳐냈다. 동시에 허리를 부러질 듯이 꺾어서 땅에 붙였다가 탄력적으로 올리면서 칠월풍뢰를 선보였다.

파아앗! 파아앗!

남궁반현의 몸 주위에 여덟 개의 검 그림자가 만들어졌다. 미친 듯 휘몰아치는 검의 그림자 속에서 남궁반현이 태연하게 서 있었다.

스팟!

검 그림자 사이로 강렬한 빛이 일어났다.

검기가 순식간에 여덟 개의 검을 가르고 지나가자, 여덟 개의 검 그림자가 허공에서 힘없이 흩어졌다.

"너무 사납기만 하군요. 그렇기에 쉽게 잘리는 것입니다."

남궁반현이 부족한 점을 지적해 줬다.

사실 그에게 오늘의 비무는 대결이 아니라 지도대련이나 마찬가지였다. 무위가 떨어지는 동곽교를 상대로 그가 자신이 무위를 뽐냈다.

"역시 안 되는구나. 저렇게 여유로운 대처는 처음 본다."

"가지고 논다. 망월객의 일방적인 공격이 하나도 통하지 않아."

"과연 남궁세가의 검객이다."

지켜보고 있던 사람들이 중얼거렸다.

비무 경험이 많은 동곽교이지만 남궁반현의 옷자락 하나 건드리지 못했다.

"선무검 남궁반현에 비해 망월객의 실력이 부족해."

한쪽에서 비무를 지켜보고 있던 한 사람이 가만히 중얼거렸다.

그는 바로 이한열이었다.

주수선에게 무림문파 창설을 명령받은 이한열은 비무 이야기를 듣고 한걸음에 달려왔다.

황실에서 일하는 진사가 무림에 진출하게 되었으니 이는 바로 진사의 무림 생활, 즉 진사무림이었다.

차후 이한열은 기회가 닿으면 진사무림기를 쓸 작정이었다.

"망월객을 보니 예전의 내 모습이 떠오르네."

이한열이 향시에 떨어졌을 때를 떠올렸다.

나름 부단히 노력한다고 했지만 향시에서 제대로 된 성과를 내지 못했다. 때로 노력과 의지만으로 안 되는 일이 존재했다.

망월객 동곽교는 이한열의 또 다른 자화상이기도 했다.

휘이잇!

검이 섬뜩한 소리와 함께 남궁반현을 가르며 지나갔다.

그런 검을 남궁반현의 검이 참으로 쉽게 가로막았다.

연신 공격을 펼치는 동곽교가 무시무시한 눈빛으로 남궁반현을 쏘아 보았다.

낭인 한명비가 만든 망월참검은 그에게 너무나도 소중했다. 그에게 새로운 삶의 준 사부 한명비의 모든 것이 담긴 망월참검이었다. 실전적인 전장에서 만들어진 망월참검은 사람을 죽이는데 있어서는 효율적이었다. 하지만 그로 인해 부족한 점이 많았다.

파앗!

동곽교가 더욱 거칠게 검을 휘둘렀다.

"부족하다고 말했잖습니까."

남궁반현이 웃으면서 가볍게 반응했다.

망월참검의 투로가 그의 앞에서 맥없이 사라졌다.

"부족한 걸 채우고, 과한 걸 비우는 법을 알면 더욱 성장할 겁니다."

"사부님과 나의 망월참검이면 충분하오."

동곽교가 남궁반현의 조언을 받아들이지 않았다.

콰콰콰! 콰콰콰!

검이 더욱 사납게 날뛰었다.

망월참검으로 세상에 인정을 받고 싶은 동곽교였다.

하지만 눈앞의 벽은 너무나도 높았다.

가볍게 놀리듯이 움직이는 검에 의해서 망월참검의 투로가 산산이 조각났다. 사납지만 깊이가 낮은 망월참검의 투로를 남궁반현이 완벽하게 읽었다. 그렇기에 너무나도 쉽게 막아 낼 수 있었다.

채앵! 챙!

차아앙! 창!

금속성 소리가 울리는 공방이 수십 차례 더 이어졌지만, 의미가 없었다.

"좋은 비무였소."

검을 거둔 동곽교가 거칠어진 호흡과 마음을 자제하며 인사했다.

"제 말을 명심하시고 정진하시면 좋은 결과를 보실 수 있을 겁니다."

"……."

동곽교가 말없이 입술을 깨물었다.

그런 모습을 본 남궁반현이 속으로 혀를 찼다. 동곽교가 결코 자신의 조언대로 행동하지 않는다는 사실을 직감했다.

슥!

남궁반현이 먼저 자리를 떴다.

동곽교가 제자리에 서서 움직이지를 않았다.

'망월참검으로는 안 되는 건가.'

입술을 질끈 깨물고 있는 그는 참담한 심정이었다.

미친 듯이 검을 휘두르고 있지만, 절정의 두터운 벽이 깨어지지 않았다. 언젠가 부술 수 있는 벽이라고 믿었는데, 이제는 그 벽에 질식할 것만 같았다.

동곽교가 힘들게 절정고수인 남궁반현과 비무를 했지만 자신의 무력함을 깨달았다. 지독한 절망감에 빠져들고 있는 그 순간이었다.

"잘 보았지? 저것이 미천한 망월참검의 한계야. 일대종사가 만든 무공이 아닌 이상 허점이 많기 마련이지. 요즘은 개나 소나 무공을 만든다고 난리야."

"크크큭! 하찮은 낭인 나부랭이가 만든 무공이잖아."

구경하던 사람들이 자리를 뜨면서 떠들었다.

들려오는 소리를 들은 동곽교의 얼굴이 붉어졌다. 잔뜩 굳어진 그가 분노한 시선으로 떠든 사람들을 바라보았다.

동곽교는 자신이 무시 받는 건 상관없었다.

하지만 사부의 피와 땀이 녹아 있는 망월참검이 하찮게 대우받는 건 참지 못했다.

"어이쿠! 졌다고 저놈이 칼부림을 하려나 봐."

"빨리 피하세."

"똥이 무서워서 피하나? 더러워서 피하는 거야."

떠들던 사람들이 황급히 다른 사람들 틈으로 끼어들었다.

비무가 끝났고 더 이상 볼 것도 없었다. 보이는 건 패배하여 잔뜩 인상 쓰고 있는 동곽교 뿐이었다.

공터에 넘쳐나던 사람들이 빠르게 줄어들어 갔다.

"젠장!"

동곽교의 속이 부글부글 끓어올랐다.

형편없이 진 동곽교가 이를 부득부득 갈면서 사나워져 갔다.

저벅! 저벅!

이한열이 동곽교를 향해 거침없이 걸음을 옮겼다.

"이한열이라고 합니다. 잠시 대화를 나눌 수 있겠습니까?"

정중하게 말을 거는 이한열이었다.

그가 무림인인 동곽교에게 진사라는 신분을 내세우지 않았다.

칼밥을 먹고 사는 낭인에게 광궁 관리는 크게 대수롭지 않은 존재였다.

"가시오. 나는 할 말이 없소."

복잡한 심경의 동곽교가 사납게 으르렁거렸다.

그에 아랑곳하지 않고 이한열이 재차 입을 열었다.

"망월참검의 경지를 올리는 일이 쉽지 않아 보이는군요."

"그대도 나를 비웃는 것이오?"

동곽교가 이한열을 이글이글 타오르는 눈빛으로 노려보았다. 낭인으로 강호를 오랜 세월 구른 그의 살기가 강력했다.

찌릿! 찌릿!

살벌한 살기를 접한 이한열의 솜털이 바짝 곤두섰다.

"비웃지 않습니다. 아직 채워지지 않는 갈증을 채울 수 있는 방법이 있다면 어떻게 하시렵니까?"

"무슨 소리요?"

"화경의 고수와의 비무를 주선해드릴 수 있습니다."

"진심이오?"

믿기 어려운 이야기에 동곽교가 되물었다.

절정고수와의 비무도 남궁반현의 배려로 간신히 치를 수 있었다. 배경이 없는 낭인들은 고수들과의 비무는 쉽지 않았다.

화경에 이른 무인이 뭐가 아쉬워서 일류에 불과한 동곽교와 손을 섞겠는가?

이한열이 고개를 끄덕였다.

"허튼소리를 할 이유가 없지요."

"조건이 무엇이오?"

동곽교가 진지하게 물었다.

세상은 순수하지 않았다.

그는 먼저 찾아와서 혹한 이야기를 꺼내는 이한열에게 이유가 있다는 사실을 잘 알았다.

"비록 작지만 제가 한 문파의 주인입니다. 아직 소속무인들이 많이 부족합니다. 망월객 당신을 우리 문파에 영입하고 싫습니다."

"제안을 거절하면 비무는 없는 것이오?"

"화경의 고수와 검을 섞는다는 것이 쉽지 않다는 사실을 잘 아시지 않습니까?"

동곽교가 고민했다.

문파에 들겠다고 승낙하지 않으면 기회를 제공하지 않겠다고 우회적으로 이한열이 이야기했다. 분명 다시 찾아오기 힘든 기회였다. 하지만 단번에 고개를 끄덕거리기에는 모르는 것이 너무나도 많았다.

"이 자리에서 당장 결정을 내리기는 너무 힘드오. 며칠 그대를 따라다녀도 괜찮겠소?"

동곽교는 의외로 생각이 깊었다.

그는 평판이 나쁘지 않았다.

돈만 준다고 함부로 사람을 죽이지도 않았고, 사리분별을 따져가면서 행동했다. 한번 맡은 의뢰는 어렵고 힘들어도 악착같이 해내기로도 유명했다.

문파 가입을 승낙하면 이한열이 그의 주군이 된다.

그가 이한열과 동행하면서 사람 됨됨이를 지켜볼 생각이었다. 말과 행동에는 그 사람의 성격이 잘 드러나기 마련이었다.

"물론이지요. 그렇지 않아도 혼자서 움직이느라 적적했는데 참으로 좋습니다."

결정을 미룬 동곽교의 결정에 이한열이 환하게 웃었다.

그가 생각했던 것보다 동곽교가 더욱 인재였다.

"여기서 이럴 것이 아니라 객잔에 가서 술이라도 한잔 하면서 이야기하지요."

이한열이 움직였고, 그 옆에서 동곽교가 걸었다.

"문파에 가입하면 끝까지 함께 해야 하는 것이오?"

일류고수인 동곽교를 받아들이겠다는 사람들의 이야기는 여러 차례 있었다. 그중에는 좋은 대우를 약속하는 사람들도 있었다. 하지만 망월참검의 완성을 위해 강호를 유랑하는 동곽교는 제안을 모두 거절했다.

"저는 그랬으면 좋겠지만, 망월객에게 너무 가혹한 조건이겠지요. 삼 년이면 적당하겠습니까?"

"나쁘지 않소."

그들이 공터를 벗어나 야트막한 언덕까지 넘어갔다.

언덕 한쪽에는 화전민들이 일군 작은 밭이 있었다.

꾀죄죄한 몰골에 왜소한 어린아이가 밭에서 잡초를 뽑고 있었다. 삶에 찌들어서 무척이나 늙어 보이는 부부가 바쁜 손놀림으로 밭의 돌멩이들을 골라냈다.

슥!

화전민들이 병장기를 휴대하고 지나가는 이한열과 동곽교를 불안한 눈빛으로 살폈다. 세상이 혼란스럽다 보니 산적들도 득시글거렸다. 화전민들에게 산적들은 재앙이나 마찬가지였다.

"조금 빨리 가겠습니다."

이한열이 빠른 걸음으로 화전민들 앞을 지나쳤다.

그 뒤를 동곽교가 뒤따랐다.

화전민이 보이지 않는 곳에 이르러서야 그들의 걸음속도가 보통으로 돌아왔다.

"왜 화전민들은 새벽부터 열심히 일해도 잘 살지 못할까요?"

이한열이 난데없는 이야기를 꺼냈다.

"……."

생각지도 못한 이야기에 당황한 동곽교는 아무 말도 하지 못했다. 그가 어처구니없는 눈빛으로 이한열을 바라보았다.

그러나 이한열은 동곽교의 감정에 아랑곳하지 않고 다시금 입을 열었다.

"밤낮으로 검을 휘두르는데 왜 절정고수가 되지 못할까요?"

동곽교는 이한열이 왜 화전민 이야기를 했는지 어렴풋이 알아차렸다.

"어릴 때부터 체계적으로 배우지를 못해서……."

"그것이 이유가 됩니까?"

"한 가지 이유는 될 것이오."

"체계적으로 배우면 누구나 절정고수가 되는 겁니까?"

"음!"

침음을 흘린 동곽교의 말문이 막혔다.

망월참검만 부단하게 수련하면서 간혹 체계적으로 배웠다면 절정고수가 될 수 있을 것이라 생각하기도 했다. 그러나 헌신적인 사부에 대한 배신이라고 생각하면서 고개를 가로저었다.

"절정고수가 그쪽이 원하는 마지막 경지입니까?"

"……."

동곽교는 절정고수 그 이상을 감히 생각도 해 본적 없었다.

"배경이 없으면 언제까지 하찮게 대우를 받아야 하는 것입니까?"

이한열이 울분을 토했다.

과거에 떨어져서 당했던 설움들이 주마등처럼 그의 뇌리를 스치고 지나갔다. 동곽교가 아무런 말도 하지 않고 이한열을 바라보았다.

"없다면 만들면 됩니다. 저는 없는 배경 만들기를 평생 숙업으로 생각합니다. 부디 제 숙업에 함께 해 주셨으면 좋겠습니다."

이한열이 야심을 드러냈다.

"그대의 숙업을 이루는 동안 많은 사람들이 죽어 나갈 것이오."

동곽교가 걸음을 멈추고 이한열에게 말했다.

"피를 흘릴 수밖에 없다면 마땅히 칼을 들어야지요."

이한열의 말에 거침이 없었다.

이미 결정을 내린 그는 묵묵하게 나아갈 뿐이었다.

그 길에 걸림돌이 존재한다면 모든 힘을 기울여서 처리할 생각이었다.

"피를 꼭 볼 생각이오?"

동곽교의 얼굴빛이 흐려졌다.

그는 낭인으로 살면서 많은 살인을 했다. 하지만 살인이 도통 익숙해지지 않았다. 사람을 벨 때 느껴지는 느낌이 무척이나 불쾌했다.

"자연을 벗 삼아 유유자적한 풍류의 삶을 살아도 괜찮은 삶이겠지요. 하지만 남아로서 칼을 뽑아들고 강호를 질타하는 삶도 멋지지 않겠습니까?"

이한열이 속내를 드러냈다.

그는 확고한 마음을 가지고 자신의 길을 걸어갔다.

이한열을 만나고 난 뒤 동곽교는 마음이 금성철벽처럼 단단해져 갔다.

이미 자신만의 길을 걸어가는 이한열을의 모습에 동곽교는 몹시 부끄러웠다.

"삼 년 동안 잘 부탁드리겠습니다. 주공!"

결정을 내린 동곽교가 허리를 깊숙이 숙였다.

"내 이상을 믿고 따라줘서 고맙소. 지금의 결정을 후회하지 않도록 불철주야 노력하겠소."

이한열이 동곽교의 두 손을 꼭 잡았다.

청천장에 실전경험 많은 일류고수 한 명이 새롭게 영입됐다.

동곽교의 발걸음이 멈췄다.

올곧게 뻗은 대나무 숲 사이에 가부좌를 취하고 있는 사람에게 그의 시선이 머물렀다. 이한열에게 들었던 화경의 고수가 바로 눈앞에 있었다.

동곽교의 뒤쪽에는 윤구를 비롯한 다섯 명의 사람이 죽 늘어서 있었다.

청천장 군사인 윤구의 앞에는 문방사우가 있기까지 했다.

그는 오늘의 비무에 대한 내용을 종이에 적을 생각이었다.

"피가 되고 살이 될 테니까 비무를 잘 봐둬라."

"한 동작도 놓치지 않을 겁니다."

"눈을 부릅뜨고 보겠습니다."

사남일녀는 장래가 기대되는 청천장의 앳된 무인들이었다.

치열한 대련을 뚫고 올라온 사남일녀였다.

하지만 그들의 실력은 삼류에 불과했다.

문주인 이한열은 문파의 사람들에게 무공을 전수하지 않았다.

문파인들에게 이한열의 외문무공은 별다른 도움이 되지 못한다. 그리고 황실무고에서 얻은 높은 경지의 무공은 삼류의 무인들이 감당하지 못한다.

반면 실전경험이 풍부한 일류의 움직임은 사남일녀에게 훌륭한 자양분이 된다.

두근! 두근!

임박한 비무를 떠올린 동곽교가 조금씩 들뜨기 시작했다.

심장이 두근거리면서 피가 빠르게 돌았다.

"동곽교가 태상호법을 뵙습니다."

동곽교가 정중하게 인사를 올렸다.

"……."

차가운 시선을 던지고 있는 유신야가 그저 고요하게 있었다.

말없이 앉아 있는 그에게서 묘한 위압감이 흘렀다.

"주공께서 전하시라고 했습니다."

동곽교가 품속에서 서신을 꺼내 들었다.

그가 서신을 유신야에게 전하기 위해 다가가려고 했다.

스륵!

손에 들린 서신이 허공으로 둥실 떠올랐다.

"허공섭물."

동곽교가 감탄을 터트렸다.

막대한 진기가 소모되는 허공섭물이었다.

생사현관이 타통되지 않으면 소모되는 진기를 감당하기 힘들었다. 그런 허공섭물을 유신야가 계속 운용 중이었다.

이한열에게 태상호법에 대해 듣기도 했지만, 바로 코앞에서 인상적인 광경을 목격한 동곽교가 알아서 기었다.

찌익!

찢긴 봉투 안에서 나온 서신이 허공에 펼쳐졌다.

허공에 떠 있는 서신의 내용을 유신야가 훑었다.

"허공섭물이지요?"

"말로만 듣던 걸 두 눈으로 직접 보네요."

사남일녀가 허공에 둥둥 떠 있는 서신을 보면서 눈을 동그랗게 떴다.

"함부로 떠들지 말고 자세를 똑바로 해라."

윤구가 주의를 상기시켰다.

까칠하고 차가운 유신야가 있는 자리에서 함부로 입을 놀리는 건 조심해야 했다.

바스락!

종이가 저절로 넘어갔다.

유신야에 대한 안부 인사로 시작하는 서신의 내용에는 동곽교에 대한 소개와 대련을 부탁한다는 글이 적혀 있었다.

부탁의 형식을 취하고 있지만 그건 문주의 명령이나 마찬가지였다.

황실의 비밀고수였던 유신야는 주수선의 명에 의해 청천장에 합류했다. 화경의 경지에 이른 고수였다. 상명하복이 철저했기에 의문을 가지지 않고 문주인 이한열의 지시에 따랐다.

화르르! 화르르!

서신이 불타올랐다.

종이가 검은 재를 남기지도 못하고 완전히 사라졌다.

"삼매진화!"

"삼매진화에 걸리면 뼈까지 완전히 녹아버린다고 하던데……."

"진짜일까?"

"정 궁금하면 네가 저기에 손을 넣어봐."

"미친놈!"

사남일녀가 눈앞의 이적을 보면서 다시 한 번 떠들어 댔다.

슥!

유신야의 서늘한 시선이 떠드는 사남일녀에게 작렬했다.

가슴까지 차갑게 만드는 시선에 사남일녀가 일제히 입을 다물었다.

"돌아가서 정신교육을 단단히 시켜 주마."

윤구가 함부로 입을 놀리는 사남일녀를 바라보며 으르렁거렸다.

"죄송합니다."

"잘못했습니다."

사남일녀가 황급히 고개를 숙였다.

“구타를 원한다고?”

유신야의 말에 동곽교가 주먹을 불끈 말아 쥐었다.

사실 유신야와 동곽교의 비무에는 대련이라는 말은 어울리지 않았다. 실력 차이가 너무나 크기 때문이었다. 그리고 일단 손을 쓰면 유신야는 적당히 할 생각이 전혀 없었다.

“원합니다.”

동곽교가 단호하게 고개를 끄덕였다.

“시작하지.”

유신야가 차갑게 웃으며 자리에서 일어났다.

그는 박살 날 걸 알면서도 불나방처럼 달려드는 동곽교가 싫지 않았다. 그렇기에 손속에 결코 자비를 두지 않을 생각이었다.

사나움으로 점철된 베기 위주의 망월참검만을 고집스럽게 수련한다는 점도 마음에 들었다.

“베기만으로 절정에 오르겠다고?”

“네.”

“괜찮은 생각이야.”

“네?”

동곽교가 놀랐다.

사실 그가 유신야에게 면박을 받지 않으면 다행이라고 생각했다. 주제도 모르고 베기에만 매달린다고 그동안 계속 지적을 받아왔다.

"베기의 끝을 볼 수 있다면 천하제일이라는 소리를 들을 수 있겠지."

유신야가 이야기했다.

검의 공격은 크게 두 가지로 분류된다.

찌르기!

베기!

검법에 따라 공격의 운용과 운영의 차이가 있을 수도 있어도 이 기초적인 찌르기와 베기에서 벗어나지 않는다.

쾌와 변, 중을 어떻게 가미하느냐에 따라서 검법이 변화한다. 가볍고 속도를 중시하면 쾌검이 되고, 변화를 뼈대로 삼으면 환검이 되며, 무거움을 가장 최우선으로 하면 중검이 된다.

무공이 발전하면서 뛰어난 검법들이 계속 등장하지만, 공격에 있어서 찌르기와 베기라는 기본에서 벗어나지 못한다.

기본이 중요하다고 말하면서 정작 사람들은 그 중요함을 무시한다. 찌르기와 베기가 단순하다고 쉽게 넘어가고는 한다.

기초적으로 간단하기에 대성하기가 지극히 어렵다.

유신야는 아직도 베기와 찌르기에 대해서 완성을 했다고 자부하지 못한다. 아니, 영원히 그 끝을 보지 못한다고 여겼다.

"하하하하!"

동곽교가 웃음을 미친 듯이 터트렸다.

"사부님! 들으셨습니까? 사부님의 생각은 틀리지 않았습니다."

하늘을 바라보면서 앙천광소하는 그가 사부 한명비를 떠올렸다. 오직 베기에만 매달렸던 한명비의 유산 망월참검이 지금 화경의 고수 유신야에게 인정받았다.

스읔! 슥!

윤구가 유신야가 한 말들을 종이 위에 빠르게 적어나갔다.

미래에 청천장의 큰 자산이 될 유신야의 어록이 지금 처음으로 만들어져갔다.

주르륵! 주르륵!

동곽교의 눈에서 눈물이 흘러내렸다.

"망월참검으로 태상호법님을 상대하겠습니다."

와락!

손에 들린 검이 오늘따라 유달리 정겹게 느껴졌다.

"와라!"

유신야가 검을 뽑아들며 손가락을 까딱거렸다.

스팟!

크게 한 걸음을 내디딘 동곽교가 망월참검의 투로를 따라 검을 매섭게 내질렀다. 검이 수평으로 유신야의 허리를 베어갔다.

콰작!

유신야가 힘으로 망월참검의 투로를 뭉개버렸다.

어떠한 기교도 없이 순수한 힘만으로 만들어진 검의 궤적이 눈부셨다.

유신야가 베기만으로 동곽교를 상대했다.

퍽!

둔탁한 소리와 함께 어깨 위에 청강검이 작렬했다.

눈에 불이 번쩍 들어올 정도로 큰 고통이 동곽교에게 들이닥쳤다. 날카로운 검날이 아니라 널찍한 검면에 당했다는 점이 그나마 다행이었다.

아픔 따위는 지금 중요하지 않았다.

"아! 아름답다. 내가 그토록 추구하던 베기가 바로 이것이었구나."

동곽교가 허공에 그려진 순수한 베기의 궤적에 감탄했다. 그동안 그가 추구했던 베기가 바로 눈앞에서 죽죽 그어지고 있었다.

환상적인 궤적에서 그가 눈을 떼지 못했다.

주르륵! 주르륵!

그의 눈에서 흘러나오는 눈물이 더욱 많아졌다.

"대체 뭐가 아름답다는 거지?"

"단순한 베기일 뿐이잖아."

사남일녀는 도통 이해를 하지 못했다.

그것은 삼류에 불과한 그들의 눈에 보일 정도로 녹록한 깨달음이 아니었다.

"닥치고 구경이나 해라."

윤구가 정말 넌더리가 난다는 표정을 지었다.

몇 차례 주의를 시켰음에도 불구하고 입을 함부로 놀리는 사남일녀에게 그가 짜증을 냈다. 하지만 그러면서도 시선이 유신야와 동곽교에게서 떨어지지 않았다.

그도 무인이었다.

눈앞에서 펼쳐지는 비무에서 배울 점들이 많았다.

퍼억!

둔탁한 소리와 함께 동곽교의 오른팔이 축 늘어졌다.

우직!

충격을 버티지 못하고 뼈가 부러졌다.

그나마 다행이라면 깨끗하게 뼈가 부러졌다는 점이었다. 뼈가 산산이 박살 나지 않았기에 치유를 잘 받으면 한 달 이내에 완쾌될 수 있었다.

"더 싸울 수 있습니다."

동곽교가 검을 왼손으로 옮겨 잡았다.

평생 오른손으로 망월참검을 수련했던 그가 왼손으로 싸우기에는 무리였다. 하지만 눈앞의 황홀한 베기를 더 봐야만 했다. 금방이라도 잡힐 듯 잡히지 않는 묘한 기시감이 아까부터 그를 간지럽혔다.

동곽교가 간절하게 허락을 구하는 표정으로 유신야를 바

라보았다.

"와라! 왼쪽 팔도 부러뜨려 줄 테니까."

유신야가 담담하게 고개를 끄덕였다.

팔을 자르지 않는 것만으로도 그는 많은 인정을 봐주는 셈이었다.

"태상호법이 너무 해."

"그러게. 손속이 잔인하다."

사남일녀가 동곽교를 동정했다.

양쪽 팔이 부러지면 불쌍할 수밖에 없었다.

하지만 그건 배움의 대가로 치면 너무나도 작은 것이었다. 동곽교가 계속 싸우겠다고 달려드는 데에는 다 이유가 있었다.

정작 당사자는 괜찮다고 하는데 지켜보고 있던 사남일녀가 난리였다.

휘익!

유신야가 거칠게 좌수를 휘둘렀다.

콰아아아! 콰아아아!

폭발적으로 일어난 기운이 아까부터 앵앵거리던 사남일녀를 향해 밀려갔다.

"아악!"

"크아악!"

"케엑!"

사남일녀가 뒤로 나뒹굴어 졌다.

몇 바퀴나 구른 그들의 얼굴이 무척이나 창백했다.

"꺼져라."

유신야가 차갑게 일갈했다.

처음부터 마음에 들지 않았던 사람들이었다. 그런 이들이 계속 심기를 건드리는 걸 가만히 내버려 둘 유신야가 아니었다.

질끈!

천둥벌거숭이처럼 까불던 사남일녀를 보며 윤구가 눈을 감았다. 누누이 조심하라고 당부했건만 결국 사남일녀가 사고를 쳤다.

"잘못했어요."

"한 번만 봐주세요."

호된 맛을 본 사남일녀가 정신을 차렸다.

장래에 청천장의 주축이 될 사남일녀는 사실 환상을 품고 있었다. 그렇기에 유신야의 앞에서도 함부로 입을 놀렸던 것이다.

꿈틀!

유신야의 미간이 찌푸려졌다.

계속 방치했다가는 큰일이 벌어진다는 사실을 윤구가 직감했다.

"가라."

윤구가 사남일녀를 향해 사납게 지시했다.

"군사님!"

"제발 다시 기회를 주세요."

사남일녀가 애걸복걸했다.

"너희들이 감히 태상호법님의 말을 따르지 않겠다는 것이냐?"

윤구가 일갈했다.

그는 지금의 일이 달갑지 않았다.

청천장의 무인들이 화경의 경지에 도달한 유신야를 지극정성으로 모셔도 부족할 판이었다.

그런데 얼마나 우습게보면 태상호법의 말을 귓등으로 듣는 것인가?

청천장은 애당초 북경 암흑가에서 출발하였고 그 규율이 너무나도 약했다. 금군에서 뽑힌 사람들은 그나마 괜찮았지만, 흑도 출신들은 문제가 많았다. 평화롭게 지내는 청천장에서 흑도 출신들은 무혼을 잃어버렸다. 그리고 그런 영향이 금군 출신에게까지 퍼졌다.

이한열은 일찌감치 문제점을 알고 있었지만, 굳이 고칠 필요성을 느끼지 못했기에 방치했다. 돈이 없던 배고픈 시절 청부살인에 대한 복수와 약간의 자금을 마련하기 위해 청천장을 만들었다.

그리고 이한열의 의도대로 차지하고 있는 구역에서 청천장이 쏠쏠한 수익을 거둬들였다. 그 수익의 일부가 이한열에게 흘러들어왔다.

청천장은 이한열의 자금 창출 창구 중 하나였다.

그런 청천장이 주수순의 지시로 인해 일대변혁을 겪어야만 했다.

그러기 위해서는 청천장 사람들의 무위를 올릴 것이 아니라 머릿속부터 완전히 뜯어고쳐야 했다.

"죄송합니다."

"물러갈게요."

사남일녀가 어깨를 축 늘어뜨리면서 대나무 숲에서 빠져나갔다.

"죄송합니다. 제가 아이들을 제대로 교육시키지 못했습니다."

윤구가 유신야에게 고개를 숙이며 사죄했다.

"다시 한 번 이런 일이 일어나면 좋은 광경을 목격할 수 있을 거다."

유신야의 말투가 쌀쌀했다.

머릿속에서 사지가 싹둑싹둑 잘리는 모습을 떠올린 윤구였다. 유신야의 검이 청천장의 사람들을 향해 돌려질 수도 있었다.

"확실하게 조치하겠습니다."

윤구의 뒷목에 소름이 쫙 끼쳤다.

"……."

이미 이한열에게 유신야의 성격을 들어서 알고 있던 동곽교가 말없이 기다리고 있었다.

얼마나 차가울까 의아했는데, 지금 제대로 느꼈다.

'태상호법은 눈에 거슬리면 아군이고 뭐고 없구나.'

동곽교가 더욱 알아서 기기로 마음먹었다.

"돌아가라."

유신야가 검을 집어넣었다.

별 시답지 않은 것들 덕분에 분위기가 팍 식어버렸다.

불쾌한 마음으로 검을 휘둘렀다가는 피를 봐야만 했다.

불똥이 동곽교에게도 튀었다.

"큭! 알겠습니다."

동곽교가 납득할 수밖에 없었다.

유신야의 말이 나온 이상 지켜야만 했다.

동곽교가 가야 할 검의 길을 더 이상 보지 못했다.

'잡것들! 가만두지 않겠다.'

동곽교의 눈이 매섭게 이글거렸다.

실전경험이 풍부한 그는 청천장의 새로운 무공교관이기도 했다.

이한열이 그에게 청천장 무인들의 나태하고 부족한 정신을 뜯어고쳐 달라고 신신당부하였다.

그것이 바로 이한열이 동곽교를 문파에 영입한 주된 이유였다.

'제대로 된 지옥을 보여 주지.'

동곽교가 이를 부득부득 갈았다.

그의 옆에서는 시뻘건 얼굴을 하고 있는 윤구가 있었다.

터덜터덜 걸어가는 그들을 보면서 유신야가 다시금 눈을 반개하였다.

스륵!

심상으로 빠져든 그가 세상과 단절하였다.

〈다음 권에 계속〉

DREAMBOOKS